ENA FITZBEL

RÄTSEL
HABEN KURZE
BEINE

Roman

Aus dem Französischen von Ingrid Ickler

PENGUIN VERLAG

Die Originalausgabe erschien 2020
unter dem Titel *Le curieux manoir de tante Aglaé*
bei Éditions J'ai lu, Paris.

Penguin Random House Verlagsgruppe FSC® N001967

1. Auflage
Copyright © 2020 der Originalausgabe by Ena Fitzbel
Copyright © 2025 der deutschsprachigen Ausgabe
by Penguin Verlag
in der Penguin Random House Verlagsgruppe GmbH,
Neumarkter Straße 28, 81673 München
produktsicherheit@penguinrandomhouse.de
(Vorstehende Angaben sind zugleich
Pflichtinformationen nach GPSR)
Redaktion: Angela Küpper
Covergestaltung: www.buerosued.de
Covermotiv: www.buerosued.de
Satz: Buch-Werkstatt GmbH, Bad Aibling
Druck und Bindung: GGP Media GmbH, Pößneck
Printed in Germany 2025
ISBN 978-3-328-11024-8
www.penguin-verlag.de

Eine geheimnisvolle Villa in der Bretagne – und ein
vorwitziger Dackel, der jedes Geheimnis ausbuddelt!
Klapprige Fensterläden, abblätternde rosa Farbe und Efeu,
wohin das Auge blickt. Etwas ratlos steht die junge Jade vor
der alten Villa in der Bretagne, die sie überraschend von ihrer
Großtante geerbt hat. Schon die Anreise in ihrem kleinen
orangefarbenen Twingo war ein Abenteuer, ist das Örtchen
Foisic doch auf keiner Landkarte vermerkt. Einzig Rimbaud,
Jades vorwitziger Dackel, flitzt begeistert durch den zuge-
wucherten Garten. Eigentlich will Jade das Haus nur auf
Vordermann bringen, um es schnellstmöglich zu verkaufen.
Doch die verschlossenen Türen und seltsamen Antiquitä-
ten geben ihr Rätsel auf. Dann erfährt sie vom achtjährigen
Corentin, mit dem Rimbaud am Strand sofort Freundschaft
geschlossen hat, vom sagenhaften Schatz der Schmugg-
ler, der in Foisic zu finden sein soll. Liegt der Schlüssel zum
Schatz etwa im mysteriösen Haus ihrer Tante?

Ena Fitzbel lebt in Toulouse. Neben ihrer Arbeit als In-
genieurin in einem Forschungszentrum ist das Schreiben
ihr Ausgleich. Sie liebt vor allem Rom Coms und Mystery-
Geschichten, beides stets mit einer Prise Humor, denn ohne
Lachen ist das Leben für Ena Fitzbel nur halb so schön.

www.penguin-verlag.de

1

Ein traumhaft schöner Tag, Postkartenwetter. Ich frage mich trotzdem, ob es eine gute Idee war, hierherzukommen. Jetzt reiß dich zusammen! Schluss damit, auf dem Sofa zu liegen und die Decke anzustarren!

Ich heiße Jade Beaumont, bin sechsundzwanzig Jahre alt, meine zerzausten braunen Haare sind mit einem Tuch zusammengebunden, und meine haselnussbraunen Augen tränen vom ständigen Auf-die-Straße-Schauen. Ich bin den ganzen Tag gefahren, bis ich endlich in diesem kleinen Städtchen angekommen bin, das sich anmutig an die Steilküste schmiegt. Ohne die Wegbeschreibung des Notars hätte ich es niemals gefunden. Foisic taucht auf keiner Karte auf und schon gar nicht in meinem GPS.

»Irgendwo in der Bretagne, zwischen Quimper und Vannes«, war im Testament meiner Großtante Aglaé zu lesen. Danke für die präzise Beschreibung, Aglaé!

Aglaé Bissel ist vor drei Monaten gestorben, ein schöner Tod im Schlaf, wie es scheint, und sie hat mir eine Villa vermacht, von deren Existenz ich noch nie zuvor gehört hatte. Wer hätte gedacht, dass sich die Schwester meiner Großmutter mütterlicherseits überhaupt an mich erinnerte? Und warum gerade ich und niemand anderer aus meiner Familie?

Bevor ich den Brief des Notars bekam, wusste ich nicht mal, dass es Großtante Aglaé überhaupt gab. Die frühere Schulleiterin hatte Frankreich vor über zwanzig Jahren verlassen, um in Neukaledonien ihre Rente zu genießen. Bei ihrem letzten Besuch bei meinen Eltern war ich gerade mal zwei. Mein damals noch in Windeln steckendes Ich konnte sich natürlich nicht an sie erinnern. Nach den Erzählungen meiner Mutter habe ich mich bei diesem Anlass, ganz im Gegensatz zu meinem älteren Bruder Béryl, mustergültig benommen. Und meine ältere Schwester Opale hat ihr auf die Schuhe gekotzt. Das könnte eine mögliche Erklärung sein.

Ich hätte die Erbschaft natürlich ablehnen und meinen Geschwistern überlassen können. Aber ich war neugierig und wollte mir das Haus genauer anschauen. Und nun bin ich hier! In welchem Zustand wird dieses seit mehr als zwei Jahrzehnten unbewohnte Anwesen wohl sein? Wahrscheinlich ist es eine Ruine. Keine Ahnung. Mit Sicherheit muss es von Grund auf renoviert werden.

Zum Glück habe ich nicht die Absicht, mich hier niederzulassen, aufs Land bringen mich keine zehn Pferde. Ich bin eben eine Stadtpflanze! Eine Pariserin durch und durch, die im Moment gerade ohne Job ist, das ist wohl wahr, aber hoffentlich am Ende des Sommers ein hübsches Sümmchen in der Tasche haben wird. Sobald das Haus wieder in Schuss ist, werde ich es verkaufen, nach Paris zurückfahren und mir eine Wohnung in meinem geliebten Marais kaufen. Endlich ein richtiges Zuhause. Und dann? Vielleicht weiter studieren oder einen neuen Job suchen? Und zwar einen mit mehr Sicherheit als die bisherigen.

Mit diesen Gedanken im Kopf fahre ich in meinem orangefarbenen Twingo durch das sonnendurchflutete Städtchen. Über mir am blauen Himmel schweben Möwen, die sich vom Wind tragen lassen. Bilde ich mir das ein, oder eskortieren sie mich? Jedenfalls sieht es ganz so aus. Zu meiner Rechten reihen sich zweigeschossige Häuser aneinander, deren Fenster mich neugierig zu mustern scheinen. Die Fassaden sind in appetitlichen Farben gestrichen, Grenadine, Zitrone, Erdbeere, Aubergine, Pfefferminz, Olive … ich bekomme direkt Hunger. Zu meiner Linken taucht ein imposanter Kreidefelsen auf und dahinter das Meer. Es ist gerade Ebbe, und der strahlend weiße Sandstrand scheint unendlich weit. Erst ganz hinten erkennt man das türkisblaue Wasser.

»Traumhaft, oder?«, frage ich beeindruckt.

»Wuff!«

Die Antwort kommt von Rimbaud, meinem zehn Monate alten rotbraunen Rauhaardackel, der mich auf diesem Abenteuer begleitet. Die ganze Fahrt über hat er sich mustergültig verhalten, aber allmählich wird er unruhig. Die Pfoten liegen auf dem Armaturenbrett, er hechelt mit heraushängender Zunge.

»Ganz ruhig, wir sind fast da, mein Schatz.«

Mehr aus Zufall entdecke ich das Hinweisschild Richtung Rathaus. Ich verlasse den Boulevard du Front de Mer und biege nach rechts in die Rue Brise-Lames ein. Hier herrscht reges Treiben, es ist offenbar Markttag. Auf den Bürgersteigen reihen sich die Stände aneinander, Schritttempo ist angesagt. Zehn Minuten später bin ich nur wenige Meter vorangekommen, meine Laune ist auf dem Tiefpunkt. Doch wie durch ein Wunder taucht irgendwann das Postamt auf, wo ich nach links in die Rue du Bon-Dieu einbiege. Auch hier ist einiges los. Ob ich auf Gott stoße, wie der Straßenname vermuten lässt? Daran habe ich so meine Zweifel.

Auf der Höhe einer rötlichen romanischen Backsteinkirche wird es langsam ruhiger. Ich rolle durch ein Labyrinth schmaler Gassen, in denen keine Marktstände mehr stehen. Die quadratischen Häuser aus grauem Granit wirken verwaist, obwohl es in den Gärten grünt und blüht. Ich fühle mich nicht wohl in meiner Haut, weit und breit kein Schild. Habe ich mich verfahren? Eben noch habe ich die vielen Passanten verflucht, aber jetzt gäbe ich alles darum, auch nur eine Menschenseele zu treffen, die ich nach dem Weg fragen könnte.

Zum Glück ist Foisic nicht allzu groß. Als ich weiterfahre, stoße ich auf eine der Marktstraßen, und zu meiner Überraschung tauchen auch die Hinweisschilder wieder auf. Ein Hoch auf die Zivilisation! Schon bald erreiche ich den Platz vor dem Rathaus, auf dem es von Menschen nur so wimmelt.

»Eine zweigeschossige Villa mit rosaroter Fassade gegenüber der Grundschule.«

Jenseits der bunten Schirme, die die Auslagen der Händler vor der Sonne schützen, sehe ich sie. Wie erwartet hat das Gebäude schon bessere Tage gehabt, ein Sommer wird kaum reichen, um es wieder auf Vordermann zu bringen. Der Zahn der Zeit hat kräftig daran genagt. Blätternder Putz, verwitterte Fensterläden, rissige Kacheln, alles von Efeu überwuchert ... Ich frage mich, was mich im Inneren erwartet. Hoffentlich ist wenigstens das Schieferdach dicht!

Nicht gerade mein Traumhaus, aber ich will ja auch nicht lange bleiben ...

2

Als ich die Eingangstür öffne, schlägt mir ein muffiger Geruch entgegen. Rimbaud niest, meine Nase kribbelt, doch ich kann das Niesen gerade noch unterdrücken. Das fängt ja gut an! Ein schüchterner Sonnenstrahl fällt in den Eingangsbereich, in dem die Zeit stehen geblieben zu sein scheint. Tatsächlich stehen geblieben sind die Zeiger der Standuhr. Die holzgetäfelten Wände schlucken jedes Geräusch.

Ich schließe die Tür hinter mir. Finsternis und Totenstille umfangen mich. Ich drücke den Lichtschalter, doch nichts passiert. Soll ich Kerzen anzünden, wie in der guten alten Zeit? Der Notar meinte, er würde dafür sorgen, dass der Strom und das Wasser wieder angestellt würden. Wahrscheinlich muss ich bloß den Sicherungskasten finden.

»Nur Mut, Rimbaud«, sage ich laut, mehr zu mir selbst als zu meinem vierbeinigen Begleiter. »Du wirst sehen, alles wird gut.«

Hoffentlich! Ich schalte die Taschenlampe meines Handys ein und durchquere den langen Flur. Die Blümchentapete ist alt, sieht aber noch gut aus. Links von mir entdecke ich eine Tür, sie ist abgeschlossen, genau wie die nächste. Das kann ja heiter werden!

Ich gehe weiter. Bei jedem Schritt wirbele ich neuen Staub auf, den Rimbaud mit einem Niesen quittiert. Das hölzerne Parkett knarrt und quietscht. Ich bin mir nicht mehr ganz sicher, ob ich überhaupt hierbleiben möchte. In *meiner Villa*. Rimbaud will nicht weiter, ich muss ihn mit sanfter Gewalt an der Leine hinter mir herziehen. Im Wohnzimmer fällt mein Blick auf die mit weißen Laken abgedeckten Möbel. Sie haben etwas Gespenstisches. Wenn ich nicht fünf Stunden bis hierher gefahren wäre, würde ich auf der Stelle umdrehen und gehen.

Der Flur mündet in eine große altertümliche Küche mit Fliesenboden, auf dem eine dicke Schmutzschicht liegt. Ich entdecke den Sicherungskasten und lege den Schalter um. Hurra, es werde Licht! Schon wirkt alles weniger beunruhigend. Ich drehe den Wasserhahn auf, erst strömt ätzend riechende bräunliche Brühe heraus, aber nach einer Weile wird das Wasser klar. Ich halte meine Hände darunter. Es ist lauwarm, der Boiler funktioniert immerhin auch.

»Schon besser!«, sage ich erleichtert.

Ein Bellen ist die Antwort. Ich drehe mich zu Rimbaud um. Seine klugen Augen sehen mich flehend an.

»Schon gut, du darfst ja raus.«

Ich gehe zur Terrassentür, öffne sie und schiebe den Klappladen zur Seite. Die frische Luft vertreibt den Modergeruch, der mir in der Nase steckt. Der Anblick, der sich mir bietet, ist ziemlich trostlos.

»Verdammt!«

Ich verstehe nichts vom Gärtnern, aber ich kann durchaus Brachland von einem Garten unterscheiden. Zwischen der bemoosten Terrasse und der roten Backsteinmauer erstreckt sich ein Unkrautfeld. Brombeerranken überwuchern kleine Bäume und Sträucher. Eine verrostete Pergola wird von Lianen mit violetten Blüten regelrecht erstickt. Um diesem Dschungel ein vorzeigbares Gesicht zu geben, braucht es einiges an Mumm und Zeit!

»Hey, komm zurück!«, rufe ich meinem Hund zu, der sich inzwischen losgerissen hat.

Rimbaud wühlt sich durch die Brombeerhecke. Wenn er rauskommt, wird er völlig verdreckt sein! Was soll's, er braucht nach der langen Autofahrt sicher ein wenig Auslauf. Außerdem habe ich anderes zu tun. Ich muss das Haus wenigstens provisorisch bewohnbar machen, besonders das Badezimmer. Wo habe ich nur die Fellbürste eingepackt?

Als Erstes räume ich mein Gepäck aus dem Kofferraum, den Twingo habe ich direkt vor der Villa geparkt. Es ist immer noch viel los auf dem Markt, Leute kommen vorbei und mustern mich, manche grüßen höflich. Die meisten wirken neugierig und leicht erstaunt. Ich bin es nicht gewohnt, dermaßen im Mittelpunkt zu stehen, in Paris wechsele ich gerade mal ein paar Worte mit den Nachbarn auf meinem Stockwerk.

Nach einer Weile gönne ich mir eine Pause. Zum Glück habe ich an der Raststätte vor der Autobahnabfahrt noch ein paar Sandwiches und Wasser gekauft.

Ich setze mich in die Küche und mache mich über mein improvisiertes Mittagessen her. Rimbaud lässt sich noch immer nicht blicken, aber ich lasse ihn sich austoben. Hin und wieder kann ich ein fröhliches Japsen hören, er ist also in der Nähe.

Nach dem Essen streife ich durchs Haus. Zuerst nehme ich mir das Wohnzimmer im Erdgeschoss vor, öffne die Klappläden und ziehe die Tücher von den Möbeln. Meine Großtante hatte einen wahrhaft extravaganten Geschmack. Schwarz lackierte Schränke, die Sessel mit Tierfellen überzogen, überall Nippes. Das Zimmer strahlt einen altertümlichen Charme aus, der an den Kolonialstil erinnert. Alles ist in perfektem Zustand. Hier muss nichts renoviert werden, kräftig Staub saugen und wischen, ein bisschen Farbe, das würde reichen.

Ich trete zu den beiden Fenstern. Draußen strahlt die Sonne, die Händler und die Kunden sind verschwunden, in der Mitte des Platzes kann ich einen Springbrunnen aus schweren Steinblöcken erkennen, der einem Dolmengrab ähnelt. Logisch, ich bin ja in der Bretagne. Unter den Häusern rund um den Platz ist auch das Rathaus, wo die blau-weiß-rote Trikolore und die schwarz-weiß gestreifte bretonische Flagge nebeneinander im Wind flattern. Genau gegenüber vom Haus meiner Großtante befindet sich die Grundschule, von der ihr Notar gesprochen hat.

Ich gehe in die Küche und mache mich daran, die Fliesen abzuschrubben. Danach wische ich mit Desinfektionstüchern die Küchenschränke und den in die Jahre gekommenen, aber funktionstüchtigen Kühlschrank aus und räume meine mitgebrachten Vorräte ein. Nudeln, Reis, Zucker, Kaffee, Brot, Butter, Fertiggerichte … Das wird garantiert für einige Tage reichen. Danach fülle ich die Spülmaschine mit Töpfen, Tellern und Geschirr und lasse sie auf höchster Temperatur laufen, man weiß ja nie.

»Ich bin oben, Rimbaud!«, rufe ich laut in Richtung Garten, bevor ich mir meine beiden Koffer schnappe und die Treppe hinaufgehe.

Die »Sanierung« des Erdgeschosses war eher unproblematisch, mal sehen, was mich im ersten Stock erwartet. Und in den beiden abgeschlossenen Räumen …

3

Auch im ersten Stock sind zwei Zimmer verschlossen. Allmählich lerne ich die Persönlichkeit meiner Großtante besser kennen. Eine praktisch denkende Frau, die es gerne ordentlich hatte. Im ersten Stock befinden sich ein mit Kalkspritzern übersätes Badezimmer und zwei Schlafzimmer. Das erste ist leer, das zweite würde meine Schwester vor Neid erblassen lassen.

Opale, dreißig, ist Innenausstatterin und betreibt ein Antiquitätengeschäft im Marais. Auf keinen Fall darf ich sie hierher einladen. Sie würde sich mit Sicherheit das eine oder andere Stück unter den Nagel reißen, vor allem das wunderbare Baldachinbett. In jedem Fall würde sie mich kritisieren und mir Anweisungen geben, was ich zu tun hätte. In ihren Augen bin ich eine Versagerin, die nichts auf die Reihe bringt. Ist es meine Schuld, dass ich meine Bestimmung noch nicht gefunden habe?

Papa wollte, dass ich eine naturwissenschaftliche Karriere einschlage, genau wie mein Bruder Béryl, siebenundzwanzig, der an der Universität Paris-Saclay Ingenieurwesen studiert und kurz vor dem Abschluss steht. Mein Vater ist Geologieprofessor an der Sorbonne und in der Forschung tätig. Seine Leidenschaft für Mineralien hat sich auch in den Vornamen seiner Kinder niedergeschlagen. Nach dem Abi folgte ich seinem Wunsch und schrieb mich für Maschinenbau ein. Nach drei Jahren hatte ich die Schnauze voll, Industriedesign war wirklich nicht mein Ding.

Um Papa vor einem Herzinfarkt zu schützen, blieb ich gegen besseres Wissen bei Naturwissenschaften und wandte mich der Grundlagenforschung zu, belegte Astrophysik an der University of Sheffield und hoffte, dort meinen Bachelor zu machen. Aber das Studium der Krater und Vulkane auf fremden Planeten wurde mir mit der Zeit einfach zu langweilig. Ich nutzte die Covid-19-Pandemie, um nach Frankreich zurückzukehren und das Studium abzubrechen. Seit nunmehr einem Jahr wohne ich bei meinen Eltern und halte mich mit Gelegenheitsjobs über Wasser, aber wirklich unabhängig bin ich nicht. Wenn es nach meiner Mutter ginge, würde ich weiter studieren. Aber was?

Die Villa auf Vordermann zu bringen, ist meine Chance, allen zu zeigen, dass ich ein Projekt zu Ende führen kann. Im Augenblick ist Rimbaud offenbar der Einzige, der an mich glaubt. Und er hat recht: Ich habe noch kein einziges Mal sein Trockenfutter vergessen, und auch bei den Streicheleinheiten kommt er nicht zu kurz! Aber was die Villa angeht, werde ich es schaffen, jede Wette!

Energiegeladen und hoch motiviert mache ich mich daran, das Bad wieder im alten Glanz erstrahlen zu

lassen. Ich schrubbe das Waschbecken und die Bade-
wanne, kratze den Kalk von den Fliesen und den Ar-
maturen und wienere die Wasserhähne blitzeblank.
Ich knie mich sogar vor die Kloschüssel und desin-
fiziere sie. »Ihr haltet mich für eine Versagerin? Ich
werde es euch schon zeigen«, presse ich zwischen den
Zähnen hervor.

Mir steht der Schweiß auf der Stirn, ich sauge das
Schlafzimmer und lüfte gründlich durch, dann räume
ich meine Kleider in den großen dunklen Holz-
schrank. Die Vorhänge des Himmelbetts stecke ich
in die Waschmaschine. Vorausschauend, wie ich bin,
habe ich eine Decke und Bettwäsche mitgebracht, soll
mir noch einer sagen, ich sei eine kopflose Chaotin.
Als ich das Bett beziehe, klingelt es.

Besuch? Jetzt schon?

Da ich gerade das Laken glatt ziehe, dauert es eine
Weile, bis ich reagiere. Es klingelt wieder, diesmal
drängender.

»Ich komme!«, rufe ich.

Ich haste die Treppe hinunter. Im selben Augenblick stürmt Rimbaud mit einem gewaltigen Knochen
zwischen den Zähnen nach oben. Ich versuche, ihm
das Ding aus dem Maul zu reißen, aber er witscht mir
durch die Beine.

»Komm zurück und lass das sofort los!« Meine
Stimme klingt drohend.

Aber er verschwindet völlig unbeeindruckt im
Schlafzimmer. Es klingelt erneut. Gut, um Rimbaud

kümmere ich mich später, so kommt er mir nicht davon. Jetzt muss ich erst mal meinen Besuch empfangen.

»Nicht aufs Bett!«, knurre ich noch, bevor ich die Treppe nach unten eile und die Tür öffne. Vor mir stehen zwei Frauen.

»Guten Tag, wir haben ein Auto vor dem Haus gesehen«, sagt die Jüngere der beiden und lächelt.

»Und die Läden sind offen«, fügt die Ältere hinzu. »Sind Sie die neue Eigentümerin der Villa?«

Der traurige Blick der wässrig grünen Augen macht mich neugierig. Die silbergrauen Fäden in ihrem zu einem Knoten zusammengefassten Haar lassen mich vermuten, dass sie erheblich älter ist als meine Mutter. Und altmodischer, wenn ich mir ihren geblümten Rock, die weiße Bluse und die Mokassins mit den Troddeln anschaue. Ob die beiden vielleicht für eine Hilfsorganisation sammeln?

»Ja«, antworte ich vorsichtig, »das Haus gehört mir.«

»Willkommen in Foisic!«, sagt die Jüngere. »Ich bin Anne Drésin, die Bürgermeisterin. Aber alle hier nennen mich Anne.«

»Freut mich sehr, Anne«, antworte ich, ohne meinen Namen zu nennen.

Ich sehe sie aufmerksam an. Sie ist um die dreißig, schmal, blass und pustet sich ständig die blonden Haarsträhnen aus dem Gesicht, die ihr postwendend wieder vor die Augen fallen. Sie trägt eine Jeans und ein T-Shirt mit der Aufschrift *Bretonen sind nett, wenn man sie in Ruhe lässt*. In der Hand hält sie eine Art Topf. Soll ich da etwa meinen Obolus reinwerfen? Ich bin verwirrt.

»Und das ist Sylvie Landrec, ihr gehört die Eisenwarenhandlung gegenüber der Post«, fährt sie fort. »Wir haben Ihnen ein *kig ha farz* zum Abendessen mitgebracht, Sie sind sicher beim Renovieren und haben keine Zeit, zu kochen.«

»Kiguafarsse?«

»Ein Eintopf«, erklärt Madame Landrec. »Er ist von gestern, wir haben ihn für den Altentreff gekocht.«

Endlich verstehe ich und werde rot wie eine Tomate. Warum bin ich nur so misstrauisch? Diese Frauen wollen mir gar nichts aufschwätzen! Ich habe sie völlig falsch eingeschätzt, sie meinen es gut mit mir. Ich und meine Vorurteile, wie peinlich.

»Ach so, Eintopf! Das ist wirklich sehr nett, ich weiß gar nicht, was ich sagen soll, kommen Sie doch rein«, ich öffne die Tür weit.

»Wir wollen nicht stören, Mademoiselle«, murmelt Madame Landrec wenig überzeugend.

»Nennen Sie mich bitte Jade.«

»Eine so nette Einladung können wir natürlich nicht ablehnen, Jade«, erwidert Anne, und ihr Lächeln wird breiter.

»Einen Tee oder lieber Kaffee?«, frage ich und lasse sie eintreten.

»Gerne Tee«, antworten sie unisono.

4

Ich führe meine Gäste ins Wohnzimmer, danach stelle ich den Eintopf mit dem unaussprechlichen Namen in den Kühlschrank. Sie bleiben schweigend sitzen, bis ich mit dem Tee zurückkomme. Ich stelle das Tablett auf einen Tisch, der aussieht wie die Schatzkiste eines Piraten, und setze mich in einen Sessel im Kolonialstil aus geflochtenem Leder.

»Wie nett, dass Sie mich besuchen kommen«, sage ich und gieße Tee ein. »Und dass Sie mir sogar etwas zu essen mitgebracht haben, damit habe ich wirklich nicht gerechnet.«

»Dafür müssen Sie sich nicht bedanken«, meint Anne, »das ist das Mindeste, um Sie willkommen zu heißen.«

»Zucker?«

»Nein, danke. Bei uns in Foisic wird Solidarität großgeschrieben.«

Sie greift nach der Tasse, die ich ihr hinhalte, und nimmt sich einen der Schokokekse, die ich auf einem Porzellanteller angerichtet habe.

»Was treibt eine so junge Frau wie Sie in ein gottverlassenes Nest in der Bretagne?«, fragt sie dann und pustet abwechselnd die Haarsträhnen aus dem Gesicht und auf den dampfenden heißen Tee.

Wir kennen uns nicht mal fünf Minuten, warum sollte ich mit der Tür ins Haus fallen und von meinen Plänen erzählen? Auf der anderen Seite, warum eigentlich nicht? Während ich Madame Landrec ihren Tee reiche, antworte ich: »Ich habe das Haus von meiner Großtante Aglaé Bissel geerbt. Vielleicht erinnern Sie sich nicht mehr an sie, sie ist vor über zwanzig Jahren weggezogen.«

»Ist sie … tot?«, fragt Madame Landrec, die mich weiterhin aufmerksam mustert.

Ihre Finger umklammern die Tasse. Hat sie die Nachricht so sehr getroffen? Ich nicke und schäme mich, dass mich der Tod meiner Verwandten ziemlich kaltlässt.

»Wie traurig«, seufzt Anne.

»Sie hat nicht gelitten, der Notar hat gesagt, dass sie friedlich eingeschlafen ist.«

»Ich habe sie nie kennengelernt, ich bin erst nach meiner Hochzeit nach Foisic gekommen, das war vor sechzehn Jahren. Ich bin eine ›Zugezogene‹, wie man hier sagt«, sie lacht nervös.

»Aber inzwischen bist du eine von uns. Immerhin hat eine Mehrheit bei den letzten Wahlen für dich gestimmt«, versichert die Ältere und tätschelt ihr die Schulter. Dann wendet sie den Blick wieder zu mir. »Ich kannte Ihre Großtante gut. Sie war meine Grundschullehrerin.«

»Es heißt, sie war sehr streng«, schaltet Anne sich vorsichtig ein.

»Das kann man wohl sagen ...«

Ich höre beiden mit wachsendem Interesse zu und nippe dabei an meinem Tee. Meine Großtante war offenbar eine überaus engagierte Schulleiterin, der viele Kinder eine solide Bildung verdankt haben, selbst die hoffnungslosen Fälle haben von ihr profitiert. Sie war Foisics Einwohnern gegenüber eher reserviert, machte bei Ebbe lange Spaziergänge am Meer. Es war allgemein bekannt, dass sie wasserscheu war. Niemand hat sie jemals ein Bad im Meer nehmen sehen. Ihre wenigen Freunde sind inzwischen alle gestorben und haben auf dem hiesigen Friedhof ihre letzte Ruhe gefunden.

»Wie auch immer, sie hat Ihnen ein schönes Haus hinterlassen«, sagt Madame Landrec und sieht sich um. »Und in gutem Zustand.«

»Bis auf den Garten«, wende ich ein, »und das Holz der Außenfassade muss gestrichen werden. Außerdem hoffe ich, dass das Dach nicht beschädigt ist.«

»Im Ort findet sich bestimmt jemand, der Ihnen zur Hand geht«, meint Anne, die nach einem weiteren Keks greift. »Wir haben zwei Maler, einen Dachdecker, einen Klempner und einen Gärtner. Haben Sie keine Scheu, sie anzusprechen, man hilft Ihnen ganz sicher. Foisic ist ein angenehmer Ort zum Leben, sommers wie winters.«

»Ich danke Ihnen sehr, aber ich werde wohl nicht bleiben. Sobald das Haus renoviert ist, werde ich es verkaufen.«

»Eine gute Entscheidung!«, meint Madame Landrec, die immer noch die Tasse umklammert.

Ihre schroffe Bemerkung scheint die Bürgermeisterin nicht zu wundern, sie nickt nur. Ich gebe zu, dass ich gar nichts mehr verstehe. Eben noch haben mich die beiden herzlich, ja fast überschwänglich willkommen geheißen, gerade so, als würden sie am liebsten eine Straße nach mir benennen und mir einen Feiertag widmen. Und jetzt wollen sie mich so schnell wie möglich wieder loswerden? Eine eiskalte Dusche!

»Ähm, ja ... ich würde gerne wissen ... Warum findet man Foisic nicht auf der Landkarte?«, frage ich geradeheraus und gehe über die letzten Bemerkungen hinweg.

Die beiden schauen sich lange an, sie zögern mit der Antwort, die offensichtlich brisant ist.

»Das hängt mit dem Schatz zusammen ...«, antwortet Anne schließlich und nimmt einen ersten Schluck Tee.

»Den es nicht gibt, es hat ihn nie gegeben«, unterbricht sie Madame Landrec.

»Früher wurden hier Tee, Alkohol, Tabak und Seidenstoffe über den Ärmelkanal geschmuggelt«, erklärt Anne ungerührt, den wütenden Blick ihrer Nachbarin ignoriert sie. »Haben Sie schon von den *smoggleurs* gehört, Jade?«

»Ähm, nein ... oder vielleicht doch?«, stammele ich.

Ich möchte an dieser Stelle noch mal ins Gedächtnis rufen, dass ich über eine solide Bildung verfüge und sogar die Namen einiger Mondkrater auswendig kann: Aristarchus, Clavius, Janssen …

»So nannte man die englischen Schmuggler. Sie deckten sich in den Häfen Nordfrankreichs, wo die Steuern niedriger waren, mit Waren ein, die sie dann illegal in ihre Heimat brachten. Im achtzehnten Jahrhundert ließ sich damit ein Vermögen verdienen, das war die Blütezeit der Schmuggler. Es heißt, dass während der Regentschaft von König Ludwig XV. ein *smoggleur* in Foisic einen riesigen Schatz versteckt habe. Nach der Französischen Revolution sind Generationen von Abenteurern hier aufgetaucht und haben nach dem Schatz gesucht.«

»Du solltest ihr nicht solche Räuberpistolen erzählen«, schimpft Madame Landrec, die jetzt aufsteht. »Das hat schon genug Unheil angerichtet.«

»Reg dich nicht auf, Sylvie. Ich versuche nur, unserem Gast zu erklären, warum unser Ort nicht in den Landkarten auftaucht.«

»Wir wollen vermeiden, dass weitere Schatzsucher herkommen«, versucht Madame Landrec zu erklären. »Ich hoffe, Sie vergessen diesen Unsinn sofort wieder, ich zähle auf Sie, Jade.«

Sie ist totenbleich geworden, legt den Kopf schief, verzieht den Mund und flüstert: »Bis bald.« Dann verlässt sie den Raum.

»Ich weiß nicht, was ich sagen soll …«, murmele ich verwirrt, nachdem die Eingangstür wieder hinter ihr zugefallen ist. »Ich habe ja nicht geahnt, dass meine Frage zu einem solchen Gefühlsausbruch führen könnte.«

»Das ist ein heikles Thema«, sagt Anne und pustet sich eine Haarsträhne aus dem Gesicht. »Einige im Ort haben bei dieser sinnlosen Suche geliebte Menschen verloren. Erst im letzten Jahr sind Sylvies Sohn und ihre Schwiegertochter ertrunken.«

»Das ist ja schrecklich!«

»Sie haben in einer Grotte neben dem Felsen gesucht, die Polizei hat vermutet, dass die Flut sie überrascht hat. Hüten Sie sich vor der Flut, Jade, mit ihr ist nicht zu spaßen.«

»Ich werde es mir merken.«

5

Sonntag, 27. Juni, am frühen Morgen

Ich hatte zwar keine Reißzwecken in der Matratze, habe aber trotzdem schlecht geschlafen. Sollte ich nicht doch lieber meine Koffer packen und nach Paris zurückfahren? Vielleicht würde ich mir einiges ersparen.

Ich bin von Natur aus nicht leicht zu beeindrucken, mir macht selten etwas Angst. Monsterkakerlaken oder Blut lassen mich kalt, ich zucke nicht entsetzt zusammen und werde auch nicht ohnmächtig. Sogar eine total verstopfte Nase wirft mich nicht aus der Bahn.

In meiner Zeit in England habe ich mit fünf Studenten in einer WG zusammengelebt, auch sie alle Ausländer. Einer brachte nach den Weihnachtsferien aus China Covid-19 mit. Der Dekan der Universität zwang ihn zu einer vierzehntägigen Quarantäne … in unserer Wohnung. Im Gegensatz zu den anderen Mitbewohnern flüchtete ich nicht in ein Hotel oder schlüpfte bei Freunden unter, sondern blieb in meinem Zimmer. Leider verschonte mich das Coronavirus nicht. Nachts husteten der Chinese und ich uns die Seele aus dem Leib. Vom Fieber ans Bett gefesselt, hielten wir uns mit Schmerzmitteln und Vitamin C über Wasser, wir waren ganz auf uns allein gestellt. In der Rückschau war es leichtsinnig, die Sache auf die leichte Schulter zu nehmen, aber mein Umgang damit ist ein gutes Beispiel für meine Furchtlosigkeit.

In dieser Nacht waren es keine Hustenanfälle, die mich nicht zur Ruhe kommen ließen, sondern das laute Knarzen der Holzböden, gemischt mit dem grellen Pfeifen des Windes und dem schrillen Kreischen der Nachtvögel, das an das Klirren der Ketten von Gefangenen erinnerte ... Dazu gesellte sich Rimbauds ängstliches Jaulen.

Man hätte die Villa für ein von Poltergeistern heimgesuchtes Spukhaus halten können. Zu allem Überfluss hatte ich noch einen Albtraum. Ich war von Schmugglern gefangen genommen worden, die mich in eine Grotte gesperrt hatten, die schwarzen Wellen der nahenden Flut schwappten immer höher und bedrohten mein Leben. Grauenvoll! Fast hätte ich alles wieder in den Koffer geschmissen und wäre Hals über Kopf abgehauen.

Ich wache sehr früh auf. Schweißgebadet, mein Magen ist wie zugeschnürt. Ob der Eintopf mit dem unaussprechlichen Namen etwas damit zu tun hat? Der mitgebrachte *kig ha farz*, daran werde ich mich nie gewöhnen, ist durchaus üppig gewesen, ich habe ordentlich zugelangt und mir sogar einen Nachschlag

genommen. Auch Rimbaud hat sich darüber herge-
macht. Den Markknochen allerdings bekam er nicht.
Der Knochen, den er im Garten ausgegraben hatte,
reicht mir schon. Nicht, dass er sich noch eine ganze
Sammlung anlegt!

Die Sonne scheint ins Zimmer, ich schöpfe neuen
Mut, steige aus dem Bett und gehe ins Bad. Keine
zwanzig Minuten später sind die nächtlichen Schatten
abgeduscht, ich bin bereit. Wohltuende Stille umfängt
mich, die allerdings ab und zu durch ein irritierendes
Knirschen gestört wird. Kommt das vom Schrank?

»Komm sofort da raus, Rimbaud!«, befehle ich und
knie vor dem Massivholzmöbel. »Und lass den Knochen los.«

Ich beuge mich vor, strecke suchend meine Hand
aus und finde … nichts. Nur ein Knurren ist zu hören.
Nein, es sind zwei, denn mein Magen knurrt ebenso
laut wie mein Hund. Ich sollte jetzt besser frühstücken.

Ich verschiebe das Problem Knochen auf später.
»Doppelte Portion Trockenfutter mit Rindfleisch,
wer mitkommt!«, rufe ich. Ohne Erfolg. Ich will gerade die Treppe hinuntergehen, als ich ein neues Geräusch höre. Ein Klappern. Träume ich? Ich bleibe stehen. Es klappert erneut. Es kann nur aus dem zweiten
Stock kommen. Gestern war ich zu müde, um mich
dort umzusehen, aber es steht für heute auf dem Pro-
gramm. Und zwar ganz oben. Das Frühstück muss
warten.

Ich schalte die Taschenlampe an meinem Handy ein und steige vorsichtig die Stufen nach oben. Der Flur ist kürzer als im ersten Stock, an seinem Ende ist eine Tür. Durch einen Spalt am Fußboden dringt Licht. Ich gehe näher. Wieder dieses Klappern. Vielleicht steht ein Fenster offen, oder ein Klappladen schlägt gegen die Hauswand? Hoffentlich komme ich rein. Ich drücke die Klinke nach unten, die Tür öffnet sich.

Überrascht reiße ich die Augen auf. Abgesehen von den zahlreichen Spinnweben sieht es drinnen ganz anders aus als erwartet. Aus drei Fenstern fällt Licht herein, zwei gehen in Richtung Kreidefelsen. An den Wänden stehen Vitrinen. Als ich näher trete, erkenne ich Kunstgegenstände aus dem alten Ägypten. Goldene Statuen von Göttern und Göttinnen, Amulette aus Halbedelsteinen und weitere Schmuckstücke. Ich fühle mich wie in einem Museum. Meine Großtante Aglaé war und ist ein großes Fragezeichen.

Für das rätselhafte Klappern gibt es eine einfache Erklärung, es ist ein Fensterladen. Der Wind hat die Halterung gelockert. Ich mache sie wieder fest. Problem gelöst!

Ich trete vom Fenster weg und stoße gegen einen Tisch, den ich beim Reinkommen übersehen habe, die antike Kunst hat mich zu sehr abgelenkt. Unter einer dicken Staubschicht glitzert es. Ich beuge mich nach vorn, um mir den rätselhaften Gegenstand näher anzusehen, und streiche mit den Fingerspitzen darüber.

Es ist eine Münze. Ob sie auch zur Ägyptensammlung von Großtante Aglaé gehört?

Ich greife danach, Staub wirbelt auf, und ich unterdrücke ein Niesen. Ein Écu, wie es aussieht, aus purem Gold, nichts Ägyptisches. Auf der einen Seite Wappenschilde mit Lilien und Wagenrad, darüber eine Krone. Die Inschrift ist nicht mehr zu erkennen, nur eine Jahreszahl, von der ich zwei Ziffern bestimmen kann. Eine 1, gefolgt von einer 7. Diese Münze ist mit Sicherheit 1700-noch-was geprägt worden. Die andere Seite ist in besserem Zustand. Das Profil eines Mannes mit Hakennase und Perücke. Auf der Umrandung steht:

LUD. XV. D. G. FR. ET. NAV. REX.

Ich bin keine Münzexpertin, deshalb ziehe ich mein Handy aus der Hosentasche und tippe die Buchstabenkombination ein. Das Resultat meiner Suche lautet:

Ludwig XV., von Gottes Gnaden, König von Frankreich und Navarra

Merkwürdig … Als mir Anne gestern Nachmittag von den *smoggleurs* erzählte, sprach sie davon, dass der Warenverkehr zwischen Frankreich und England im achtzehnten Jahrhundert stattgefunden habe, das heißt, nach dem Jahr 1700. Ihrer Meinung nach geht die

Legende des Schatzes von Foisic auf die Epoche eben jenes Ludwig XV. zurück.

Mein Magen und meine Hirnwindungen sind in Aufruhr. Ich stecke den goldenen Louis d'or ein und gehe gedankenversunken die Treppe hinunter. Dieses Haus ist voller Geheimnisse.

6

Was gibt es an einem so herrlichen Sonnentag Schö-
neres als einen Strandspaziergang? Die Renovierungs-
arbeiten können auch bis nachmittags warten ... oder
bis morgen. Nach dem Frühstück jage ich Rimbaud
mit einem Besen aus seinem Versteck und leine ihn an.
Mit dem großen Knochen unter dem Schrank habe ich
weniger Glück, da komme ich nicht ran.

»Tut mir leid, mein Schatz, aber die frische Luft
wird dir guttun.«

Er protestiert mit herzzerreißendem Winseln. Ich
kenne kein Pardon und zerre ihn an der Leine nach
draußen. Schon bald beginnt er sein Territorium zu
markieren, den Knochen hat er vergessen. Die spärli-
chen Tröpfchen, die er an Baumstämmen, Autoreifen,
Straßenlaternen, Blumenkübeln und Gartenzäunen
hinterlässt, tragen mir einige schiefe Blicke ein. Eine
alte Dame in gelb-grauer Bluse kommt extra aus der
Postfiliale, um mit mir zu schimpfen. Man kann es
auch übertreiben! Aber die meisten grüßen freundlich, als ob sie mich schon ewig kennen würden.

Der Boulevard du Front de Mer ist sonnenüberflu-
tet, es herrscht reger Verkehr, die Autos bewegen sich
im Schritttempo, alle suchen einen Parkplatz. Auch

wenn Foisic nicht auf der Landkarte zu finden ist, kommen die Leute aus der Gegend an einem Sonntagmorgen im Juni offensichtlich gerne hierher. Spaziergänger wälzen sich im Schneckentempo über den Bürgersteig entlang der Häuserseite des Boulevards, auf der Strandpromenade ist es nicht besser. Wenn ich der Menschenmenge ausweichen will, muss ich direkt ans Wasser gehen.

Es ist Ebbe, am Strand wimmelt es von Hunden und Kindern. Rimbaud würde auch gerne mitmischen, aber ich bin gnadenlos und umklammere die Leine. Plötzlich trifft mich wie aus dem Nichts ein Ball am Kopf, und ich lasse los. Verdammt!

Ich sehe Sternchen, dann wird mir schwarz vor Augen, als hätte sich der Mond zwischen die Sonne und die Erde geschoben. Kurz fühle ich mich in mein Astrophysikstudium in Sheffield zurückversetzt. Ich schwanke benommen.

»Halten Sie sich an mir fest!«, höre ich eine tiefe Stimme.

Sie erinnert mich an meinen damaligen Professor. Sie klingt jugendlich und mir freundlich gesinnt. Letzteres bin ich nicht, im Gegenteil, ich bin stinksauer.

»Geht es wieder?«

»Ein Ball hat mich am Kopf getroffen, mir ist schwindlig, und mein Hund ist abgehauen, aber sonst ist alles bestens«, antworte ich sarkastisch.

»So wirken Sie aber gar nicht. Sie können sich ja kaum auf den Beinen halten.«

Mein unbekannter Retter hilft mir, mich im Sand niederzulassen. Ich sehe ihn nur schemenhaft. Der intensive Salzgeruch in der Luft hindert mich nicht daran, sein Parfüm zu erkennen. Mein olfaktorisches Zentrum nimmt eine warme Holznote wahr, die mich augenblicklich versöhnlich stimmt.

»Rimbaud ... mein Hund ... wo ist er?«

»Ihr Dackel jagt mit flatternden Ohren Möwen«, erwidert der Unbekannte belustigt.

»Ich muss ihn zurückholen.«

Allen Gesetzen der Schwerkraft zum Trotz versuche ich aufzustehen, aber mein Retter hält mich davon ab. Ich habe das Gefühl, als würde mir der Schädel platzen.

»Halt, bleiben Sie sitzen, bitte. Mein Neffe Corentin ist ihm auf den Fersen, er wird ihn schon zurückbringen.«

»Sagen Sie Ihrem Neffen, dass ich auf Beutemöwen gerne verzichte.«

Er lacht. Ich finde das weniger lustig. Immer noch ist meine Sicht verschwommen, und in meinem Kopf dröhnt es.

»Ich sehe, es geht Ihnen schon etwas besser, Mademoiselle ...«

»Jade«, antworte ich knapp, »und Sie sind?«

»Alban, Alban Landrec, erster und einziger männlicher Lehrer in Foisic. Sind Sie neu hier?«

Ich zögere, sein Nachname kommt mir bekannt vor. Wo habe ich den schon mal gehört? Leider ist mein Gehirn immer noch außer Gefecht gesetzt, es fällt mir einfach nicht ein.

»Ich bin gestern in das Haus gegenüber der Schule gezogen.«

»Das rosafarbene?«

»Ja.«

»Willkommen in Foisic, Jade«, sagt er freundlich und ruft dann: »Gut gemacht, Corentin, bring den Hund her, sein Frauchen wartet.«

Allmählich kehrt mein Sehvermögen zurück. Endlich kann ich meine Umgebung erkennen, den blauen Himmel, den Kreidefelsen, die Häuser mit den bunten Fassaden, die aufgereihten Strandhütten, die Spaziergänger, das türkisblaue Meer und den weiten weißen Strand, auf dem die Kinder mit ihrem dämlichen Ball spielen und mein Dackel mit heraushängender Zunge auf mich zugerannt kommt. Er zieht einen etwa zehnjährigen Jungen hinter sich her. Und ich sehe Alban, der sich aufgerichtet hat. Er dreht mir den Rücken zu, sodass ich nur seine kupferfarbenen Locken, seine Jeans und sein Hemd erkennen kann, das sich im Wind bläht.

Ich quäle mich hoch. Auch wenn ich mich noch so strecke, ich reiche ihm gerade mal bis zur Schulter. Ich bemühe mich um Contenance und schreie Rimbaud nicht an, sondern sage betont ruhig: »Da bist du ja.«

Mein Hund wirft mir einen verlegenen Blick zu, man kann das Weiße in seinen Pupillen sehen, dann flüchtet er sich zwischen die Beine des Jungen. Der lächelt, kniet sich in den Sand und streichelt ihn.

»Gehört der Ihnen? Das ist ein Dackel, oder? Wie heißt er? Wie alt ist er? Weibchen oder Männchen? Wird er gerne gestreichelt?«, bombardiert er mich mit Fragen.

»Corentin! Begrüße Jade doch erst mal«, bremst Alban seinen Wortschwall.

»Entschuldigen Sie, Mademoiselle Jade. Guten Tag.«

»Guten Tag, Corentin. Ja, dieser kurzhaarige Ausreißer ist ein Dackel und zehn Monate alt. Er heißt Rimbaud.«

»Wie der Dichter!«, erwidert der Junge, während mein Hund ihm über den Arm leckt. »Wissen Sie, dass er ganz jung gestorben ist? Mit siebenunddreißig. An Krebs.«

Er krault Rimbauds Ohren und schaut aufs Meer hinaus. Alban wendet sich mir zu und flüstert: »Er hat kürzlich seine Eltern verloren.«

Dabei blickt er mich direkt an. Seine grünen Augen sind voller Trauer.

»Sein Vater war mein Cousin«, fügt er hinzu, in seinen Worten liegt eine feine Melancholie.

Wie alt er wohl ist? Achtundzwanzig, dreißig? Moment! Ist das etwa der richtige Zeitpunkt, sich Gedanken über einen attraktiven Mann mit halblangen Haaren zu machen? Es gibt Tage, da könnte ich mich selbst ohrfeigen, also echt!

Ein Ball kullert vor unsere Füße und reißt mich aus den Gedanken. Alban hebt ihn auf und geht auf eine

Gruppe Kinder zu. Die Wellen rauschen, der Wind heult, ich kann nicht verstehen, was er zu ihnen sagt. Aber an ihrer Reaktion kann ich erkennen, dass er hier eine gewisse Autorität genießt.

Mit jedem Schritt, den er sich von mir entfernt, funktioniert mein Hirn wieder besser. Sein Nachname ist Landrec, er heißt genau wie die Dame mit den kupferfarbenen Haaren und den grünen Augen, die mich gestern besucht hat. Gleiche Haarfarbe, gleiche Augenfarbe. Aber das reicht nicht, um ihr Verwandtschaftsverhältnis zu klären. Die Tatsache allerdings, dass Sylvie Landrec letztes Jahr ihren Sohn und ihre Schwiegertochter verloren hat, lässt mich schlussfolgern, dass Corentin ihr Enkel und Alban ihr Neffe ist. Die Welt ist klein … oder sollte ich besser sagen, Foisic ist kaum größer als ein Fliegenschiss?

»Mach dir keine Sorgen, Rimbaud«, höre ich die helle Stimme des Jungen, »du hast noch viele schöne Jahre vor dir. Hunde haben eine Lebenserwartung von zwölf bis sechzehn Jahren.«

Ich richte meiner ganze Aufmerksamkeit wieder auf Corentin und meinen Hund, der ihm dankbar zujapst. Ich weiß nicht, wie ich reagieren soll, meine Kehle ist wie zugeschnürt. Der Tod ist seit jeher ein schwieriges Thema für mich, besonders, wenn jemand unmittelbar betroffen ist. Ich sage lieber nichts.

»Kann ich ihn noch ein bisschen halten?«, fragt der Junge und drückt Rimbaud an sich.

»Ähm, ja. Und du kannst ihn gerne besuchen, wann

immer du willst. Ich wohne am Rathausplatz, in dem rosa gestrichenen Haus gegenüber der Schule.«

»Danke! Ich komme bestimmt schon morgen nach der Schule vorbei. Und ich bringe ihm einen Knochen mit.«

»Um Gottes willen, nein, er ist jetzt schon zu dick!«

Es wird Zeit, dass ich meinen Spaziergang fortsetze, aber ich traue mich nicht, Corentin die Leine, die er immer noch fest umklammert hat, aus der Hand zu nehmen.

»Ähm, Rimbaud und ich haben noch etwas Wichtiges zu erledigen«, wage ich einen Vorstoß.

»Wohin wollen Sie? Ich kann Sie gerne hinbringen, ich kenne mich gut aus.«

»Schon, aber ...«

Wie werde ich diese Klette nur wieder los? Wo bleibt sein Onkel? Der könnte ihn doch abholen? Ich werfe Alban einen verzweifelten Blick zu, doch der spielt mit den Jungs Fußball, als ob es nichts Wichtigeres auf der Welt gäbe, unglaublich! Aber er sieht verdammt gut dabei aus. Das hätte ich in einem verschlafenen Nest wie diesem nicht erwartet.

Er hat dieses gewisse Etwas ... und Fußball spielen kann er. Bäääm! Kraftvoll tritt er gegen den Ball – was für ein Schuss! –, aber das gegnerische Tor trifft er leider nicht. So richtig begabt scheint er dann doch nicht zu sein. Mich beschleicht ein gewisser Verdacht.

»Sag mal, Corentin, weißt du, wer den Ball geschossen hat, der mich am Kopf getroffen hat?«

»Er hat es nicht mit Absicht gemacht.«

»Und wer ist er?«

»Mein Onkel. Er hat zu Arnaud gespielt, der hat den Ball verfehlt, und dann ist es passiert. Der Ball hat Sie getroffen.«

»Und zwar frontal.«

Ich durchbohre den Übeltäter mit Blicken. Er hat seine Tat für sich behalten.

»Oh, schau mal, was ich gefunden habe, Rimbaud! Eine Goldmünze!«, ruft Corentin plötzlich.

Das reißt mich aus meinen Rachegelüsten, und ich schaue zu dem Jungen, der jetzt nicht nur die Leine, sondern auch meinen Louis d'or umklammert.

»Die gehört mir. Sie ist mir aus der Tasche gefallen, als ...«

Weiter komme ich nicht, denn Corentin rennt bereits zu seinem Onkel, um ihm den Fund zu zeigen. Und Rimbaud, dieser Verräter, flitzt freudig neben ihm her. Ob ich will oder nicht, ich muss den beiden folgen.

7

»Hey, Corentin, komm zurück!«, rufe ich.

Finger weg von meinem Hund und meiner Goldmünze!, brummele ich in mich hinein.

Durch meine Kopfschmerzen behindert, bin ich langsamer als er. Als ich ihn endlich einhole, hält sein Onkel die Goldmünze bereits in der Hand. Die Fußballer wissen, welche Gefahr ich darstelle, und kicken in sicherem Abstand weiter. In großem Abstand.

Ich versuche, mir die Leine zu schnappen. Aber sowohl Rimbaud, der mich komplett ignoriert, als auch der Junge machen es mir leicht. Ich gebe auf und schlucke meinen Ärger herunter.

»Wo hast du die gefunden, Corentin?«, fragt Alban, der den Louis d'or im Sonnenlicht näher betrachtet.

»Er lag auf dem Boden. Im Sand.«

»Die Münze gehört mir, sie ist mir aus der Tasche gefallen, als Sie mich außer Gefecht gesetzt haben«, stelle ich klar und betone das »Sie«.

»Wo haben Sie die gefunden?« Er stellt mir die gleiche Frage.

»Auf meinem Dachboden. Sie gehört mir.«

Ich strecke die Hand aus. Bevor er mir die Münze zurückgibt, mustert er mich, sein Blick drückt Überraschung, Misstrauen und sogar Wut aus. So richtig deuten kann ich ihn nicht. Hält er mich für eine Lügnerin?

»Ich sage die Wahrheit, die Münze gehört mir.«

»Sie stammt aus der Epoche von Ludwig XV.«, presst er hervor, »sie ist ein Vermögen wert.«

»Der Schatz! Die Münze gehört zum Schatz von Jeremiah Curtis! Da bin ich ganz sicher!«, ruft Corentin und hopst nervös auf und ab. Rimbaud lässt sich von seiner Aufregung anstecken und beginnt zu bellen. Ein »Still!« und bedrohlich hochgezogene Augenbrauen meinerseits beeindrucken ihn nicht.

»Das sind nichts weiter als alte Geschichten«, murmelt Alban.

»Nein«, widerspricht sein Neffe vehement, »das ist wahr! Die Hawkhurst-Bande hat es wirklich gegeben.«

»Mag sein, aber sie haben ihren Schatz bestimmt nicht in Foisic versteckt.«

»Wenn Mama und Papa noch am Leben wären, dann …«

Während Corentin und sein Onkel über einen möglichen Schatz diskutieren, nutze ich die Gunst der Stunde und reiße Ersterem die Leine und Letzterem die Goldmünze aus der Hand. Gebt dem Kaiser, was des Kaisers ist! Die protestierenden Blicke versuche ich so gut wie möglich zu ignorieren.

Die angespannte Atmosphäre ist nicht gerade günstig, um die Situation zu klären. Es wäre keine gute Idee, Alban ausgerechnet jetzt seinen Fehlschuss vorzuwerfen. Zeit, sich aus dem Staub zu machen.

»Gut, dann sage ich mal Tschüss und bis bald.«

»Warten Sie, Jade. Gehen Sie nicht, ich möchte mich gerne entschuldigen«, ruft mir Alban hinterher, und mein Fluchtversuch scheitert.

Mist! Ich ziehe den widerspenstigen Rimbaud an der Leine. Alban kommt auf mich zu, ich weiche zurück. Seine grünen Augen fixieren mich mit einer Intensität, als wollte er mich hypnotisieren. Aber so einfach kommt er mir nicht davon.

»Dass ich Sie angeschossen habe ... Es tut mir wirklich leid.«

»Es war keine Absicht«, bekräftigt Corentin.

»Ja, gut ... ich muss nach Hause«, sage ich ausweichend, »da wartet Arbeit auf mich. Mein Haus ist nicht mehr das jüngste, wissen Sie, ich muss streichen. Und der Garten ...«

»Sie haben gesagt, Sie hätten etwas Wichtiges zu erledigen«, protestiert Corentin, der Rimbaud streichelt.

»Ich habe es mir anders überlegt.«

»Ich kann Ihnen bei der Arbeit helfen«, sagt Alban. »Streichen kann ich ganz gut.«

»Genauso gut wie Fußball spielen?«, spotte ich und kneife die Augen zusammen. Mein Kopf schmerzt noch immer.

»Besser! Und Gärtner ist mein zweiter Vorname. Schierling und wilde Möhre kann ich bestens auseinanderhalten.«

»Das ist eine wirklich gute Nachricht für alle Karottensuppenfans. Aber wer sagt, dass ich Hilfe brauche?«

»Nach dem Hammer, den ich Ihnen verpasst habe, sind Sie sicher gehandicapt. Vielleicht haben Sie sogar eine Gehirnerschütterung, das kann zu Komplikationen führen. Außerdem sehen Sie ein wenig blass aus, finde ich.«

Unser Dialog ist von einer feinen Ironie geprägt. Ich muss lächeln, versuche es aber wie eine Grimasse aussehen zu lassen.

»Soweit ich weiß, kann ich mich noch aufrecht halten.«

Dann hüpfe ich auf einem Bein im Kreis und rolle mit den Augen, dabei strecke ich die Zunge heraus. Mein Hund lässt ebenfalls die Zunge heraushängen und versucht, mich nachzuahmen. Ungeschickt hopst er hinter mir her. Corentin muss lachen, sein Onkel versucht, sich zurückzuhalten, was ihm aber nicht gelingt. Es klingt, als würde er ersticken.

»Das ist ziemlich überzeugend! Aber ich möchte darauf bestehen«, sagt er, nachdem er sich kurz geräuspert hat. »Nehmen Sie meine Hilfe an, Jade, Sie werden es nicht bereuen. Damit kann ich meine Missetat wiedergutmachen, wenigstens ein bisschen.«

»Ich komme auch mit«, erklärt Corentin entschlossen. »Ich kümmere mich während der Arbeiten um Rimbaud.«

»Und die Schule?«, gebe ich zu bedenken, das einzige Argument, um sie von ihrer Idee abzubringen. »Da müsst ihr schließlich beide hin.«

»Am Mittwochnachmittag beginnen die Ferien«,

entgegnet Alban mit einem strahlenden Lächeln, »in drei Tagen sind wir frei wie der Wind und zu allen Schandtaten bereit.«

»Ja, wir haben ohnehin nichts anderes vor«, jubelt sein Neffe.

Bei so viel Hartnäckigkeit gebe ich auf. Einige Minuten später setzen mein Dackel und ich unseren Spaziergang auf vier Pfoten und zwei Füßen fort … mit zwei Nervensägen im Schlepptau. Ein Dreikäsehoch, der sich in meinen Hund verliebt hat, und ein übermotivierter Fußballer, der sich mit Schierling auskennt. Mit der Ausrede, mir die Gegend zeigen zu wollen, weichen sie nicht von meiner Seite.

Unser erstes Ziel ist der strahlend weiße Kreidefelsen. Ich habe mir die Schuhe ausgezogen und gehe über den feuchten festen Sand an der Wasserlinie entlang. Ich entspanne mich langsam. Die frische Brise erfrischt meinen Geist und versöhnt mich mit der Anwesenheit meiner beiden Begleiter. Ich überlasse Corentin die Leine, der mit Rimbaud vorneweg rennt, Alban und ich gehen nebeneinander.

Wir sprechen nicht viel, dazwischen liegen lange Pausen. In Gesellschaft von Männern fühle ich mich meistens recht wohl, ich flirte nicht drauflos, bin eher der Typ gute Freundin. Das ist mir ganz recht so. Und selbst diejenigen, die mit mir flirten, überschreiten die *Friendzone* nicht.

Bei Alban ist das anders. Zuerst einmal sind die Umstände unseres Kennenlernens für eine Freundschaft nicht gerade förderlich. Dieser Trottel hat mir immerhin einen Ball an den Kopf gedonnert. Zum anderen ist da noch die Sache mit dem Schatz, die ich nicht anzusprechen wage.

Dabei will ich unbedingt mehr darüber wissen, das liegt ja wohl auf der Hand!

Wenn ich nur an den Louis d'or aus dem Speicher meiner Großtante denke, überläuft mich ein wohliger Schauer. Ob er wirklich einer Schmugglerbande gehörte, die im achtzehnten Jahrhundert den Ärmelkanal unsicher gemacht hat? Wie gerne wüsste ich mehr über diesen Jeremiah Curtis und seine Leute!

Mist, Mist, Doppelmist! Aber ich frage lieber nicht. Corentin könnte uns hören. Und ich möchte nicht, dass schmerzliche Erinnerungen in ihm aufkommen.

Nach einer Weile kehren wir um, verlassen den Strand und mischen uns unter die Spaziergänger auf der Promenade. Alle paar Schritte müssen wir anhalten, weil Rimbaud schamlos die Blumenkübel anpinkelt. Corentin ist begeistert. Ich schaue mir derweil die Kleider in den Schaufenstern an. Unsere Unterhaltung wird jetzt etwas lebhafter. Alban lässt sich nicht aus der Ruhe bringen, er ist der perfekte Fremdenführer und zeigt mir, wo lokale Berühmtheiten gewohnt haben. Ein Dichter mit spitzer Feder, ein Minister der Vierten Republik, der in den Armen seiner Geliebten gestorben ist, ein Chemiker mit Spezialgebiet Sprengstoff. Dann führt er mich zu der romanischen Kirche aus roten Backsteinen, in der es eine Christusreliquie gibt, die vom ersten Kreuzzug stammt: der Nagel seines linken großen Zehs. Im Moment findet gerade eine heilige Messe statt, deshalb können wir die Kirche nicht von innen besichtigen. Schade. Alban zeigt mir noch andere Sehenswürdigkeiten, wie den alten Waschplatz, dazu erzählt er pikante Anekdoten. Vor lauter Geschichten habe ich den Schatz bald vergessen.

Nächstes Ziel unseres Rundgangs ist eine Halle aus dem sechzehnten Jahrhundert mit einer Deckenkonstruktion aus Eichenholz, die auf imposanten Natursteinpfeilern ruht. Wer Appetit hat, ist hier genau richtig. Das Angebot reicht von Fischen über Pökelfleisch bis zu bretonischen Spezialitäten, Details erspare ich mir.

Als ich sehe, wie Corentin sehnsüchtig vor einem Kuchenstand stehen bleibt, kaufe ich ihm ein Stück *Far breton*, der wie ein Pflaumen-Clafoutis aussieht, nur nicht so luftig. Alban findet eher, dass er einem Leberwickel gleicht. Er versucht, mich zu einem Stück *Kouign-amann* zu überreden. Sein spitzbübisches Lächeln macht mich stutzig. Lieber nicht. Dieses Blätterteigmonster würde mir postwendend die Arterien verstopfen.

Beim Fischhändler kaufe ich garantiert frische Jakobsmuscheln, die jedoch aus der Kühlkammer kommen müssen, denn, so erklärt mir Corentin, der Fang ist zwischen Mitte Mai und Anfang Oktober verboten. Alban entscheidet sich für Würstchen und Baguette Viennoise zum Abendessen.

Bevor wir die Markthalle verlassen, kaufen wir Buchweizen-Galettes mit Schinken und Käse, die wir auf einer Bank unter einer uralten Eiche verzehren. Dazu trinken wir Cidre. Rimbaud versucht, nach Krümeln zu schnappen, und wir müssen über seine Grimassen und Verrenkungen lachen.

Dass ich so viel Spaß mit einem Lehrer, seinem Neffen und meinem Dackel erleben würde, damit habe ich ehrlich gesagt nicht gerechnet. Ich fühle mich herrlich und stelle eine ganze Menge Fragen, um alles über die beiden zu erfahren, was ich wissen will.

Corentin ist acht, im letzten Sommer hat er seine Eltern verloren. Wenn er mal groß ist, möchte er allein mit einem Ruderboot den Atlantik überqueren, und er liebt *Shōnen*-Mangas. Er lebt jetzt bei seiner Großmutter, die ich gestern getroffen habe.

Alban ist achtundzwanzig und Single, er ist viel gereist, bevor er sich letztes Jahr in Foisic niedergelassen hat. Die alte Grundschullehrerin hatte plötzlich ein Schlaganfall ereilt, und er sprang spontan als Ersatz ein. Seitdem wohnt er in einem Haus oberhalb des Kreidefelsens und kümmert sich um seinen Neffen. Über seine Eltern spricht er nicht, aber ich ahne, dass sie gestorben sind, als er noch sehr jung war. Wie es aussieht, liegt das in der Familie ...

Um eins, nachdem wir zwischendurch noch zweimal in der Markthalle waren, um Crêpes und Getränke zu kaufen, beenden wir unser Picknick. Gut gelaunt schlendern wir zum Rathausplatz. Ich habe Alban und Corentin versprochen, ihnen das Haus zu zeigen. Als wir uns dem rosafarbenen Gebäude nähern, zuckt Alban plötzlich zusammen und fixiert einen gelben Sportwagen, der hinter meinem Twingo parkt. Oder besser gesagt, den Mann im Anzug, der lässig dagegenlehnt und eine Zigarette raucht.

»Was will der denn hier?«, brummelt er sichtlich ungehalten.

8

»Guten Tag, Mademoiselle Beaumont. Ich habe schon auf Sie gewartet«, begrüßt mich der elegant wirkende Mann, nachdem er an seiner Zigarette gezogen hat.

Woher weiß er, wie ich heiße? Mein Name steht noch nicht mal auf dem Briefkasten. Rimbaud bellt ihn an. Ich will ihn gerade zur Ordnung rufen, als Corentin ihn schon auf den Arm nimmt, um ihn zu beruhigen.

»Du bist hier nicht willkommen, Gourcuff«, zischt Alban und wirkt dabei wie ein Rottweiler kurz vor dem Zubeißen.

Der gut gekleidete Mann ignoriert seine Bemerkung, löst sich von seinem kanariengelben Flitzer, wirft den Zigarettenstummel auf den Boden und tritt ihn aus. Dann kommt er auf mich zu. Ich weiche seinem charmanten Blick aus und konzentriere mich auf seine betont lässig frisierten braunen Haare. Er scheint es gewohnt zu sein, Frauenherzen zum Schmelzen zu bringen.

Er streckt mir die Hand entgegen, ich drücke sie, bleibe aber reserviert. Albans Reaktion hat mich hellhörig gemacht. Hier ist Misstrauen angebracht.

»Um was geht es denn?«, frage ich beiläufig.

»Mein Name ist Gilles de Gourcuff, ich bin Immobilienmakler und auf Häuser mit besonderem Charakter spezialisiert. Ich sage es geradeheraus, Mademoiselle Beaumont, Ihr Anwesen interessiert mich.«

»Lange hast du ja nicht gebraucht, um hier aufzukreuzen«, fährt Alban ihn an und wendet sich dann mir zu. »Hör nicht auf ihn, Jade. Dieser Typ ist ein Aasgeier, ein Opportunist, der …«

»Erspar uns deine Moralpredigt, Landrec«, fällt ihm Gourcuff ins Wort, »ich mache meine Arbeit seriös und professionell. Es sind Leute wie du, die meinen Beruf in Misskredit bringen.«

»Ein Abzocker. Genau das bist du, Gourcuff.«

»Hören Sie nicht auf ihn, Mademoiselle Beaumont. Ich bin keiner von denen, die nur auf größtmöglichen Profit aus sind. Ich werde nicht versuchen, Sie über den Tisch zu ziehen, glauben Sie mir.«

»Nun, ich …«, ich zögere.

»Ich dachte, Sie wollten nicht in Foisic bleiben, oder habe ich das falsch verstanden? Vertrauen Sie mir den Verkauf Ihrer Liegenschaft an, Sie werden es nicht bereuen.«

»Sie wollen schon bald wieder weg, Jade? Rimbaud auch?« Aus Corentins Stimme spricht leiser Protest, bekräftigt vom Winseln meines Dackels.

»Nein, so bald nicht«, stammele ich verlegen. Ich spüre Albans vorwurfsvollen Blick auf mir ruhen. Zugegeben, ich habe ihm nichts von meinen Plänen erzählt. Na und? Ich kann vor einem Fremden schließlich nicht mein ganzes Leben ausbreiten. Das hat er ja auch nicht gemacht. Ich weiß nicht mal, ob er nicht doch eine Freundin hat oder, warum auch nicht, einen Freund. Was allerdings ein herber Verlust für die Frauenwelt wäre.

»Wenn Sie mich hereinbitten, kann ich Ihnen eine ungefähre Schätzung machen, Mademoiselle Beaumont«, Gourcuff lässt nicht locker, »natürlich unentgeltlich.«

»Geh zum Teufel!«, zischt Alban.

Die beiden liegen offenkundig wegen irgendetwas im Streit. Und ich sitze zwischen den Stühlen. Auf der einen Seite empfinde ich für Alban Landrec, der mich mit hochgezogenen Augenbrauen mustert, so etwas wie Freundschaft. Zudem sind Corentin und Rimbaud ein Herz und eine Seele, ich kann sie nicht einfach so trennen. Auf der anderen Seite habe ich meine eigenen Pläne: Ich möchte das Haus mit größtmöglichem Profit verkaufen. Nur deshalb bin ich überhaupt hier. Und dieser Immobilienmakler könnte mir helfen. Ich würde schon gerne wissen, welchen Preis er mir machen würde.

»Sollten wir das nicht drinnen besprechen?«, schlage ich vor und versuche, meine widerstreitenden Gefühle zu verbergen. »Ich könnte Tee oder Kaffee anbieten.«

»Den hatten wir schon«, entgegnet Alban kühl.

»Ich nehme die Einladung mit Vergnügen an, Mademoiselle Beaumont«, sagt Gourcuff eilfertig, »gerne einen Kaffee.«

»Gut, dann folgen Sie mir, bitte.«

Hocherhobenen Hauptes gehe ich zum Eingang und öffne das verrostete Gartentor. Es quietscht. Alban grummelt weiter vor sich hin. Ich wundere mich, dass ich bei den giftigen Blicken, die er mir zuwirft, nicht schon längst tot umgefallen bin. Im Gänsemarsch gehen wir durch den Garten.

»Wenn Sie die potenziellen Käufer nicht verschrecken wollen, müssen Sie etwas gegen das Unkraut tun. Und den Zaun und die Holzfassade streichen«, gibt der Immobilienmakler zu bedenken, als wir die Außentreppe hinaufsteigen.

»Das hatte ich vor«, erwidere ich knapp und öffne die Tür. »Fangen wir mit der Besichtigung am besten innen an, oder?«

Und der Kaffee kann warten!, denke ich.

»Großartige Idee!«

»Beschränken wir uns auf das Nötigste, das reicht dann schon«, brummelt Alban.

»Für dich vielleicht, Landrec.«

Ich gehe rasch durch den Flur ins Wohnzimmer. Je schneller ich ihnen alles zeige, desto schneller bin ich sie wieder los. Ich stelle mich hinter den Ledersessel, umklammere die Rückenlehne und sage: »Das ist das Herzstück des Hauses, alle Möbel sind original, sie gehörten meiner Großtante. Sie hat mir diese Villa vermacht. Wie Sie sehen, ist alles in bestem Zustand.«

»Cool, wie bei den Piraten!« Corentin ist begeistert.

Noch immer hat er Rimbaud auf dem Arm und tippt gegen ein auf einem Holzfuß befestigtes Steuerruder, das sich wild zu drehen beginnt.

»Wie auf einem Segelschiff, da ist sogar ein Kompass«, er kann sich gar nicht beruhigen.

»Nichts anfassen, Corentin«, warnt sein Onkel.

Die Atmosphäre ist aufgeladen, die unverhohlene Abneigung zwischen Alban und dem Makler hat negative Energie freigesetzt. Mein Kopf dröhnt, Corentin und Rimbaud wirken eingeschüchtert.

»Schaff den Bengel mitsamt seinem Köter von hier weg, Landrec, sie stören unsere Gastgeberin«, zischt Gourcuff.

»Corentin ist ein netter Junge und mein Gast. Und was den Dackel angeht: Er gehört mir, und das hier ist sein Zuhause«, entgegne ich entrüstet.

Gourcuff tut so, als hätte er mich nicht gehört, und beginnt mit seiner Inspektion. Seinen kritischen Augen entgeht nicht das kleinste Detail. Seine Finger sind überall. Meint er vielleicht, das alles gehöre schon ihm? Sollte ich ihn daran erinnern, dass ich das Haus noch nicht verkauft habe?

»Ts, ts, ts, Spinnweben, Staub, Hundehaare«, konstatiert er und zieht angewidert die Augenbrauen hoch.

»Zum Staubsaugen hatte ich noch keine Zeit«, reagiere ich verärgert.

»Aber das muss sein, Mademoiselle Beaumont, das Wohnzimmer ist zauberhaft, die Einrichtung ein echtes Kaufargument. Aber dieser Dreck überall ... das geht gar nicht, absolut nicht.«

»Du solltest ihn vor die Tür setzen«, flüstert mir Alban zu, als der Makler ein Fischernetz inspiziert, das an der Wand hängt.

»Warum denn? Ich habe doch nichts zu verbergen!«, flüstere ich beleidigt zurück.

»Ich meine es ernst, Jade. Gourcuff darf auf keinen Fall den Dachboden sehen. Schmeiß ihn raus.«

Ich mustere ihn. Wahrscheinlich denkt er an die Goldmünze, ich habe ihm ja erzählt, wo ich sie gefunden habe.

»Wenn es um den Schatz geht ...«, sage ich.

»Psst! Nicht dieses Wort«, flüstert er, »der Typ muss weg, und zwar schnell.«

Für wen hält er sich eigentlich? Das hier ist mein Haus. Aber trotzdem nicke ich schweigend.

»Äußerst vielversprechend«, meint Gourcuff, als er sich wieder an uns wendet, »die Details sind für meine Kunden sicher charmant.«

»Weil du schon Käufer hast?«, fragt Alban misstrauisch.

»Es gibt Interessenten, die gerne in Foisic wohnen möchten, warum auch immer.«

»Das hat bestimmt mit dem Schatz zu tun«, murmelt Corentin, der sich mit dem Steuerruder beschäftigt, aber trotzdem zugehört hat.

Der Immobilienmakler lacht höhnisch, ich bin zunehmend genervt, am liebsten hätte ich ihn hochkant aus dem Fenster geworfen, aber wir sind im Erdgeschoss, die Wirkung wäre überschaubar. Meine Kopfschmerzen sind zurück, ein Hammer scheint mein Hirn zu zermartern.

»Das ist doch nur eine Legende, ihr Hinterwäldler seid wirklich leicht zu beeindrucken!« Einen Moment lang zeigt Gourcuff sein wahres Gesicht. »Es gab nie einen Schatz, und es wird auch nie einen geben.«

»Und ob es ihn gibt«, widerspricht Corentin, mein Dackel wirft ihm einen bewundernden Blick zu.

»Hören Sie nicht auf diesen Burschen, Mademoiselle Beaumont. Alle, die an den Schatz geglaubt haben, liegen zwei Meter unter der Erde.«

»Und warum treibst du dich so häufig am Felsen herum?«, fragt Alban und legt seinem Neffen die Hand auf die Schulter.

»Weil ich gerne schwimmen gehe.«

»Im Anzug? Bei Ebbe?«

Warum nur habe ich die beiden auf einen Kaffee eingeladen? In ihrem Zustand wäre eher Baldrian angebracht. Und ich könnte ein Schmerzmittel vertragen … Oder irgendetwas anderes gegen meine Kopfschmerzen. Alban hat recht, ich sollte das hier und jetzt beenden. Der erste Stock bleibt tabu.

»Nun, es tut mir sehr leid, aber wir müssen unseren kleinen Rundgang abkürzen«, sage ich entschlossen, »ich habe noch etwas Wichtiges zu erledigen.«

»Aber Sie haben mir zugesagt, dass …«, beklagt sich der Makler.

»Lass es, du geldgieriger Schmarotzer!«, fällt ihm Alban ins Wort. »Geh zurück zu deinen Geldschei-ßern, du bist hier nicht willkommen.«

Mit geballten Fäusten geht er auf Gourcuff zu, der angewidert den Mund verzieht, aber keinen Schritt zurückweicht.

»Geldgieriger Schmarotzer? Sag das noch mal, Landrec!«

Alban stürzt sich auf ihn und packt ihn am Jackett, sein Widersacher krallt sich in sein T-Shirt. Die beiden werden sich doch nicht prügeln wollen? In meinem Wohnzimmer? Das gibt's doch nicht!

»Hände weg von meinem Onkel!«, schreit Corentin, unterstützt von Rimbauds Bellen.

Die Situation gerät außer Kontrolle – wenn ich jetzt nicht eingreife, wird es blutige Nasen geben, be-stimmt werden Möbel umgeworfen, und das Aufräu-men bleibt dann an mir hängen.

»Meine Herren, ich bitte Sie, keine körperlichen Auseinandersetzungen«, versuche ich beruhigend auf sie einzuwirken. »Denken Sie daran, dass ein Kind im Raum ist. Und wenn Sie nicht aufhören, könnte mein Hund Lust bekommen, seine Zähne einzusetzen und in Ihre Hosen zu beißen ...«

Mein Appell geht ins Leere. Und Rimbaud, dieser Feigling, hat auch aufgehört zu bellen. Ich brauche einen Plan B.

»Verdammt noch mal! Jetzt reißen Sie sich endlich zusammen!«

Meine Worte klingen wie ein Paukenschlag, und die beiden lösen sich voneinander.

»Ich bringe Sie raus«, sage ich ungehalten.

»Und was ist mit meinem Kaffee?«, fragt der geldgierige Schmarotzer. Der Begriff passt zu ihm.

»Durch Ihren Auftritt ist er kalt geworden. Wir sehen uns ein andermal.«

Es gelingt mir, die beiden Männer hinauszubugsieren. Danach verspreche ich mir, Staub zu wischen und alle toxischen Persönlichkeiten aus meinem Leben zu verbannen. Gourcuff steigt in seinen Sportwagen und kündigt an, nächste Woche wiederzukommen, um die Bewertung abzuschließen. Corentin lässt Rimbaud los, der sich sofort in den hintersten Winkel verzieht. Alban sagt erst wieder etwas, als das Auto des Maklers um die nächste Ecke verschwunden ist.

»Es tut mir leid, wie das gelaufen ist. Was den Kaffee angeht …«, murmele ich.

»Lass gut sein, Jade, wir müssen ohnehin los. Ich muss Corentin zu seiner Großmutter zurückbringen.«

»Aber wir kommen wieder, oder? Du hast gesagt, dass wir Jade helfen werden«, bettelt der Junge.

»Ja, sobald wir Ferien haben. Vorausgesetzt, Jade ist einverstanden.«

Dann wirft er mir einen intensiven Blick zu, einen von jenen, denen man nicht widerstehen kann. Ich denke an den armen Jungen und nicke.

»Super!«, jubelt Corentin. »Bis Mittwoch, Jade. Ich

bringe Rimbaud ein paar Leckerlis und viele Schlüssel mit.«

»Schlüssel?«, fragen Alban und ich unisono.

»Großmutter hat ganz viele Schlüssel, vielleicht bekommen wir mit einem die verschlossenen Türen auf.«

»Jade hat sicher alles, was sie braucht, Corentin, du
musst nichts mitbringen«, stellt Alban klar.

Da bin ich mir nicht so sicher ... Aber das sage ich
nicht laut.

9

Nachdem wieder Ruhe eingekehrt ist, sind meine Kopfschmerzen wie von Zauberhand verschwunden. Ich stehe auf dem Bürgersteig vor dem Haus und schaue mir die Schlüssel an, die mir bei der Testamentseröffnung ausgehändigt worden sind. An dem Ring mit dem Skarabäus-Anhänger aus Lapislazuli sind drei Schlüssel befestigt. Wie außergewöhnlich sie sind, fällt mir jetzt erst auf.

Sie sind alle aus Eisen und fein gearbeitet, jeder hat eine andere Form. Der Schlüssel für die Haustür sieht aus wie ein Vogel mit langem Hals und spitzem Schnabel, er erinnert an einen Schwan oder einen Reiher. Im Anbetracht der Tatsache, dass meine Großtante sich dem alten Ägypten verschrieben hatte, könnte es auch ein Ibis sein. Der zweite und kleinste Schlüssel ähnelt einer Katze, der dritte einem Hund. Wozu gehören sie? Vielleicht passen sie in die Schlösser der verschlossenen Türen?

Auf dem Weg zurück ins Haus fällt mein Blick auf den Briefkasten am Tor. Ich schaue ihn mir näher an. Darauf ist eine Katze mit ausgestreckten Krallen zu sehen, die einen Buckel macht. Sieh einer an! Hier könnte doch der Katzenschlüssel passen. Das

Scharnier quietscht, und es dauert eine Weile, bis sich die Klappe öffnen lässt. Wahrscheinlich hat sich mehr als zwanzig Jahre niemand mehr um den Briefkasten gekümmert. Das ist eine lange Zeit, bestimmt ist er vollgestopft mit Werbung und Regionalblättchen. Zu meiner Überraschung ist das nicht der Fall.

Außer der Visitenkarte des Schmarotzers finde ich zwei an mich adressierte Umschläge und eine Nachricht des Postamts. Ich öffne die beiden Umschläge, sie enthalten die Anmeldungen für Wasser und Strom auf meinen Namen. Die Nachricht der Poststelle lautet:

Benachrichtigungskarte N° 6358
Für Sie wurde ein Paket abgegeben.
Poststelle Foisic
23, rue Brise-Lames
Adressiert an:
Die neue Eigentümerin von Les Ibis
7, place de la Mairie
Foisic
Frankreich

Ibis, so also hat meine Großtante die alte Villa genannt … das erklärt den vogelförmigen Schlüssel für die Eingangstür. Während ich über das Paket sinniere, klingelt mein Handy, und die Stimme meiner Mutter dringt an mein Ohr.

»Hallo, mein Schatz. Ich bin's! Du hast dich ja ewig nicht gemeldet.«

»Doch, vor zwei Tagen.«

»Du hättest ruhig Bescheid sagen können, dass du gut angekommen bist, damit wir uns keine Sorgen machen müssen!«

»Keine Nachrichten sind gute Nachrichten, oder? Ja, ich bin gut angekommen.«

»Hattest du eine angenehme Fahrt? Nicht zu viele Staus? Und Aglaés Haus, wie ist das so? Eine Bruchbude, nehme ich an. Gibt es überhaupt ein benutzbares Bett? Wie machst du das mit dem Essen?«, sie bombardiert mich mit Fragen.

»Es geht mir gut, Maman, sehr gut. Keine Toten zu beklagen. Und es ist nicht das erste Mal, dass ich von zu Hause weg bin.«

»Trotzdem hättest du warten können, bis dein Vater und ich Urlaub haben. Wir hätten dich gerne in die Bretagne begleitet …«

Sie brüllt ins Telefon, und ich halte das Handy weit weg von meinem Ohr, dann gehe ich ins Haus und lege die Post auf die Kommode. Am liebsten würde ich mich auf meinem neuen Lieblingsmöbel ausstrecken, ein Ohrensessel aus Leder, der im Wohnzimmer steht, aber die Vorwürfe meiner Mutter bereiten mir ein schlechtes Gewissen und erinnern mich daran, dass ich endlich Ordnung im Haus machen muss.

Im Vorratsraum neben der Küche finde ich einen Staubwedel, Reinigungsmittel und ein Fensterleder.

Ich fange an, im Wohnzimmer Staub zu wischen. Bla-blabla. Der Sermon mit guten Ratschlägen geht unablässig weiter. Wieder einmal habe ich das Gefühl, dass sie mich für dämlich hält.

»Wo ist Foisic eigentlich genau?«, fragt sie plötzlich. »Bei Google Maps findet man es nicht.«

Umso besser!, denke ich und schwinge den Staubwedel.

»Irgendwo an der Küste. Gut, schön, deine Stimme gehört zu haben. Wenn es sonst nichts gibt, lege ich jetzt auf. Ich habe noch einiges zu tun, um hier …«

»Vergiss es, mein Schatz«, schallt es jetzt noch lauter aus dem Handy. »Du wirst doch nichts selber machen wollen? Lass bloß die Finger davon, du hattest schon immer zwei linke Hände!«

Ich könnte anmerken, dass ich immerhin meine Ikea-Möbel eigenhändig zusammengebaut habe. Das war während meines Aufenthalts in England. Ein Schreibtisch und eine Kommode, mit Schrauben und Nägeln. Und keiner meiner Finger war danach blau!

Ich könnte auch von Alban erzählen, meinem brandneuen Freund, der mir angeboten hat, die Villa Ibis auf Vordermann zu bringen. Aber als moderne Frau verlasse ich mich lieber auf mich selbst. Ich lege den Staubwedel beiseite, schnappe mir das Reinigungsmittel und das Leder und beginne, die Fenster zu putzen. Das beruhigt die Nerven.

Nicht, dass ich meine Mutter nicht mögen würde. Ich liebe sie sehr, aber sie hat ein Talent, mir auf die

Nerven zu gehen. Habe ich schon erwähnt, dass sie Psychologin ist? Vor etwa zehn Jahren hat sie ihre Praxis geschlossen und eine Galerie im Marais eröffnet, ganz in der Nähe des Antiquitätengeschäfts meiner Schwester. Aber ihre angeborenen Therapeutinnenreflexe sind geblieben, und sie lässt sich keine Gelegenheit entgehen, mich auf Widersprüche und Fehler hinzuweisen. Und Gott weiß, davon habe ich einige! Plötzlich kann ich mich nicht mehr zurückhalten, der Drang ist stärker als meine Selbstbeherrschung. Unser Gespräch wird sich in einen Streit verwandeln, das ist sicher.

»Es wird dauern, so lange es dauert, aber ich werde aus diesem Haus ein Juwel machen«, erwidere ich angriffslustig.

»Du verschwendest deine Zeit, Jade. Verkauf die Bude so schnell wie möglich, und komm nach Hause. Ich habe einen Praktikumsplatz für dich in einem Museum gefunden, das ...«

»Ein Praktikum? Habe ich dich etwa darum gebeten? Ich glaube es nicht! Ich habe bereits einen Job, und zwar nicht erst seit gestern!«

Die Vorstellung, dass ich mein Renovierungsprojekt aufgeben soll, treibt mir den Schweiß auf die Stirn. Voller Wut wende ich mich dem zweiten Fenster zu und rubbele wie wild.

»Reg dich nicht auf, Jade, und hör mir zu. Deine Zukunft liegt nicht in Wiewardasnoch?«

»Foisic!«

»Egal, wie das Nest heißt. Zier dich nicht, und mach dieses Praktikum, meine Freundin Irina gibt dir die Chance, im Louvre zu arbeiten, stell dir das mal vor! Der berühmte Louvre! Das macht sich prima in deinem Lebenslauf.«

»Vergiss es.«

»Nur zweieinhalb Monate, Mitte Juli bis Ende September, das ist doch nicht die Welt. Und noch dazu wirst du gut bezahlt.«

»Nein!«, schreie ich. »Ich bleibe in Foisic. Ende der Diskussion.«

»Du bist undankbar, du weißt gar nicht, was du für ein Glück hast! Andere würden alles dafür geben, ein Praktikum im Louvre zu bekommen.«

»Aber ich nicht! Vor Oktober, November komme ich nicht zurück.«

»Was redest du denn da?«, schreit meine Mutter fast hysterisch. »Für Anfang Oktober habe ich schon etwas Neues für dich.«

»Wie bitte?«

»Dieses Jobben muss ein Ende haben. Ich habe dich für eine angesagte Schule für Innenarchitektur und Design eingeschrieben. Ein teures Vergnügen, also schätze dich glücklich, dass deine Eltern sich das leisten können.«

»Behaltet euer Geld, ich komme gut allein zurecht«, schimpfe ich. Ich habe dieses ewige Einmischen in mein Privatleben so was von satt.

»Da dir Naturwissenschaften nicht liegen, wäre es

gut, wenn du in Opales Fußstapfen trittst und dich von ihrem Erfolg inspirieren lässt. Sie wird dich in deiner beruflichen Entwicklung unterstützen …«

Dieses Gespräch geht in eine gefährliche Richtung, ich muss meiner Mutter Einhalt gebieten. Erst ein Praktikum im Museum, dann eine Ausbildung als Innenarchitektin. *No way*, wie meine englischen Freunde sagen würden. Und warum nicht noch eine arrangierte Ehe, wenn wir schon mal dabei sind? Oh nein, es gibt für alles Grenzen! Ich lege einfach auf.

Dann atme ich tief aus und stecke das Handy in die Tasche, die Putzutensilien stelle ich in die Vorratskammer. Das Wohnzimmer blitzt und blinkt. Bei Gourcuffs nächstem Besuch, vorausgesetzt, ich lasse ihn noch mal rein, wird er kein Staubkorn mehr finden, so intensiv er auch sucht …

Als ich an der Küche vorbeikomme, erwartet mich eine weitere Katastrophe: Rimbaud ist es gelungen, den Mülleimer zu öffnen, und er wühlt in den Abfällen.

»Schluss jetzt!«, befehle ich und habe das unangenehme Gefühl, wie meine Mutter zu klingen.

Mein Hund gehorcht, zieht den Kopf aus dem Müll, der Eimer knallt scheppernd auf den Boden. Er flitzt aus der Küche, aber der Knochen in seinem Maul entgeht mir trotzdem nicht. Garniert mit dem *kig ha farz*, den ich ihm verweigert hatte.

»Du Drecksköter!«, fluche ich und renne ihm hinterher.

Eine verbale Entgleisung, die zeigt, wie tief meine Verzweiflung ist. Die Jagd auf den Knochen endet in meinem Zimmer vor dem Schrank, unter den Rimbaud geflüchtet ist. Ich versuche, ihn mit Bergen von Trockenfutter hervorzulocken, doch er bleibt hartnäckig, er knurrt sogar, wenn ihm meine Hand zu nahe kommt.

Verdammt! Aber gut, darum kümmere ich mich später. Meine Stimmung ist sowieso im Keller, erst nervt meine Mutter, jetzt der Hund. Höchste Zeit, mein Erbe so schnell wie möglich zu Geld und mich damit finanziell unabhängig zu machen. Und dann kaufe ich eine Wohnung im Marais. Der Gedanke gefällt mir, und ich beginne, ernsthaft über meine Zukunft nachzudenken. Großtante Aglaé hat mir Les Ibis vermacht, sie muss mich wirklich geschätzt haben. Im Gegenzug möchte ich sie nicht enttäuschen und die Villa nicht einfach verfallen lassen. Sie hat sie mir anvertraut, weil sie wusste, dass sie bei mir in besten Händen ist.

Entschlossen stelle ich mich der neuen Aufgabe. Ob ich es mal mit dem Hundeschlüssel versuche? Ich probiere ihn an allen verschlossenen Türen aus, aber ohne Erfolg.

10

Mittwoch, 30. Juni

Oh ja, ich bin immer noch da. Und stolz auf das, was ich schon geleistet habe. Für eine Versagerin wie mich gar nicht so übel, oder?

Für die Generalreinigung habe ich zwei Tage gebraucht. Ich habe Vorhänge und Bezüge gewaschen, die Böden geschrubbt, die Fenster geputzt, die Holzmöbel gewienert ... und das von morgens bis abends. Mit einer besseren Waschmaschine und einem leistungsstarken Staubsauger wäre ich wahrscheinlich schneller gewesen, aber da ich nicht auf Dauer hier bin, will ich nicht in neue Haushaltsgeräte investieren.

Die Knochen unter dem Schrank sind eine echte Herausforderung. Noch habe ich sie nicht hervorholen können, Rimbaud lässt sie nicht aus den Augen. Auf dem Dachboden habe ich jedes Staubkörnchen und alle Spinnweben entfernt, in der Hoffnung, eine weitere Goldmünze zu finden, aber ohne Erfolg. Das war auch nicht zu erwarten. Eine derart organisierte Frau wie meine Großtante soll einen Louis d'or einfach so auf dem Tisch liegen lassen, gut sichtbar für jedermann? Das ist ein Widerspruch in sich. Selbst eine Chaotin wie ich hätte eine derart wertvolle Münze in einem Schmuckkästchen unter dem Bett versteckt. Genau das habe ich mit meiner nämlich getan!

Deshalb beschäftigt mich die Frage, ob Aglaé es mit Absicht gemacht hat. Und wenn ja, warum? Warum sie die Möbel und die Sammlung altägyptischer Kunst auf dem Dachboden gelagert hat, soll wohl ein Hinweis auf ihre Persönlichkeit sein. Damit hat sie mir ihr Markenzeichen gesetzt, und so wird sie mir immer in Erinnerung bleiben. Aber eine Goldmünze? Welche Nachricht könnte sich dahinter verbergen?

Bei meinem Hausputz habe ich ab und zu die Passanten auf der Straße beobachtet, damit es nicht so langweilig war. Ein bisschen Abwechslung für den Kopf muss sein. Aber es ist nicht viel los gewesen, nachts schon gar nicht. Foisic ist tatsächlich ein verschlafenes Nest.

Warum sich die Mütter, die ihre Kinder von der Schule abholen, so aufbrezeln, war mir anfangs ein Rätsel. Geschminkt, schicke Klamotten, richtig aufreizend. Kaum zu glauben ... Aber als Alban mit seiner Klasse auf dem Vorplatz auftauchte, wurde mir einiges klar.

Sie schwärmen für den Lehrer ihrer kleinen Engel! Was für ein Glück, dass ich nicht so bin! Alban warf charmante Blicke nach links und rechts und lächelte freundlich. Geradezu unwiderstehlich. Ein echter Frauenschwarm, aber als Fußballer eine Niete! Das darf ich nicht vergessen, vielleicht kann ich mir das noch mal zunutze machen.

Nach zwei Tagen Großeinsatz zu Hause reicht es mir allmählich. Ich beschließe an diesem sonnigen Morgen, am Meer joggen zu gehen. Rimbaud und ich müssen uns mal die Füße und die Pfoten vertreten.

Auf dem Boulevard du Front de Mer findet ein Fischmarkt statt, die Fischer bieten hier ihren Fang der vergangenen Nacht an. Ganz Foisic ist auf den Beinen. Beim Versuch, einem Grüppchen älterer Damen auszuweichen, trete ich in eine Pfütze und komme ins Rutschen. Ich klammere mich instinktiv an einer Kiste fest, es gelingt mir gerade noch, mich auf den Beinen zu halten, doch ich stecke bis zum Ellbogen in Anchovis. Jetzt stinke ich auch noch nach Fisch!

Eine gute Stunde später habe ich meine Runde beendet. Ich bin schweißgebadet. Meine Rückkehr fällt mit dem Schulschluss zusammen, ich habe keine andere Wahl, als mich zwischen Müttern und ihren Kindern hindurchzuschlängeln. Corentin winkt mir zu. Ich habe Joggingklamotten an, stinke nach Fisch und will so schnell wie möglich unter die Dusche. Die Situation ist mir peinlich. Noch dazu vor all diesen Leuten.

Rimbaud reagiert sofort. Er rast auf Corentin zu, mich zieht er an der Leine hinter sich her. Alban unterbricht sein Gespräch mit einer drallen Blondine und dreht sich zu mir um. Wir grüßen uns freundlich. Meine Chancen, in der Frauenwelt von Foisic neue Freundinnen zu finden, sind schlagartig dahin. Erst recht, als er mir zuruft, dass er gleich vorbeikommen wird. »Ich bringe salzige Crêpes mit! Gegen fünf bin ich da!«

Ich werde rot und murmele irgendwelchen Blödsinn. Dann trete ich, zu Corentins großem Verdruss, den Rückzug an und zerre meinen widerspenstigen Dackel hinter mir her. Ich brauche dringend eine Dusche!

Kaum habe ich das Haus betreten, klingelt es. Vor der Tür steht Anne Drésin. Heute trägt sie ein ecrufarbenes Kostüm, das ihren leicht gebräunten Teint unterstreicht und ihr ein elegantes Aussehen verleiht. Ihre blonden Haare hat sie zu einem Pferdeschwanz zusammengebunden, endlich sieht man ihre mandelförmigen hellblauen Augen. Sie möchte mich zu einem Orgelkonzert einladen, das am Samstagabend in der Kirche stattfindet. Aus Angst, sie zu verärgern, sage ich zu. Ich kann ja meine Ohrstöpsel mitnehmen.

Ich bitte sie in die Küche, ziehe mich um und lege einen Hauch Parfüm auf. Jetzt fühle ich mich schon besser. Wir sprechen über den Regen von gestern und das schöne Wetter von heute, dabei serviere ich Tomatensaft. Ich mag sie. Rimbaud wohl auch, denn er rollt sich vor ihren Füßen zusammen. Sie ist extrovertiert, strahlt Optimismus aus und bemüht sich, das Leben für ihre Mitbürger besser zu machen. Mit ihr scheint alles einfach zu sein. Ich lade sie zum Mittagessen ein, aber sie lehnt ab, da sie an der wöchentlichen Gemeinderatssitzung teilnehmen muss.

Bevor sie geht, stellt sie mir noch eine Liste der Handwerker in Foisic zusammen, die mir bei der Renovierung helfen könnten. Ich vermute, sie hat bereits mit ihnen gesprochen, denn als ich anrufe, sind sie kein bisschen überrascht und bereit, sofort vorbeizukommen. Ich habe gerade meine Pizza gegessen und einen Kaffee getrunken, als es auch schon klingelt. Der Erste ist der Dachdecker, der sich den Zustand der Ziegel ansieht. Alle sind in Ordnung, was schon mal eine gute Nachricht ist.

Kurze Zeit später kommt der Gärtner. Wahrscheinlich haben sich die beiden abgesprochen ... Monsieur Abgrall ist ein untersetzter Mann mit einem dicken Bauch. Er trägt eine tannengrüne Latzhose. Sein rundes Gesicht ist von der Sonne gebräunt, die Haare sind grau. Schon auf den ersten Blick ist er mir unsympathisch. Auch auf Rimbaud macht er einen schlechten Eindruck, er kläfft und schnappt nach ihm.

Ich zeige ihm den Garten. Der gesalzene Kostenvoranschlag, den er mir macht, überzeugt mich schließlich endgültig, ihm den Auftrag nicht zu geben. Vor allem, weil er mich bedrängt, alles rauszureißen und einen sündhaft teuren Kunstrasen zu verlegen. Aber nicht mit mir! Es wäre eine Schande, die Blumenwiese zu zerstören und den Schatten der Bäume nicht mehr genießen zu können.

Ich bringe den Kunstrasenfanatiker zum Tor. Eine halbe Stunde später taucht ein hoch gewachsener, hagerer Mann auf, um die dreißig, in einem viel zu

großen Maleroverall. Er stammt aus einer alteinge-
sessenen Familiendynastie von Weißbindern und An-
streichern und redet ununterbrochen. Schon bald
weiß ich alles über Étienne Prigent. Er wird von
seinem jüngeren Bruder Lucien unterstützt. Seine
Schwester und ihr Mann führen die Bar La Jetée auf
dem Boulevard du Front de Mer. Seine Eltern sind
schon in Rente. Sein Traumberuf war Seemann, aber:
»Da verdient man ja kaum was ... Außerdem wollte
Papa, dass ich die Firma weiterführe. Prigent, das ist
ein Familienunternehmen, ein Meisterbetrieb, wissen Sie ...«

Er inspiziert alle Räume, misst die Flächen mit
seinem Laser-Entfernungsmesser aus, kritzelt immer
wieder etwas in sein Notizbuch. Rimbaud hält ihn
für einen Spielgefährten und weicht nicht von seiner Seite. Aus Angst, dass das Laserlicht schlecht
für seine Augen sein könnte, nehme ich ihn auf den
Arm.

Étienne Prigent beendet seinen Rundgang in der
Küche. Nachdem er auf einem Stuhl Platz genommen
hat, beginnt er zu rechnen. Da ich sehe, wie er auf
meine Thermoskanne schielt, biete ich ihm einen Kaffee an und stelle eine Schale mit Schokolade hin, an
der er sich großzügig bedient. Sein Kostenvoranschlag
verschlägt mir die Sprache. Wenn das so ist, muss ich
leider auch auf seine Dienste verzichten.

Nachdem er gegangen ist, kann ich endlich duschen. Danach mache ich eine To-do-Liste mit den

notwendigen Materialien. Dank der präzisen Vor-
arbeit der Handwerker kenne ich die Abmessungen
in Haus und Garten ganz genau. Ich muss also nur
Pinsel, Farbe und Unkrautvernichter kaufen. Den
Mut, die Sache anzugehen, habe ich selbst.

11

Mit meinem Dackel an der Leine gehe ich zur Eisenwarenhandlung. So groß ist das Städtchen ja nicht. Da
die Post genau gegenüber liegt, nehme ich die Benach-
richtigung zum Abholen des Pakets mit. Oh ja, ich
habe an alles gedacht, sogar an den gespülten *Kig-ha-
farz*-Topf, um ihn Madame Landrec zurückzubringen.

Als ich den Laden betrete, erwarte ich eigentlich ein
vertrautes Bild, Schalter und Angestellte, die Frankier-
maschinen bedienen. Das Postamt in Foisic hingegen
sieht eher wie ein Gemischtwarenladen aus. Von der
Sonnencreme über abgepackten Kuchen bis zu Zei-
tungen, ja sogar Sonnenschirme – hier kann man alles kaufen.

Ich schaue mir einen Ständer mit Postkarten an,
die hübsche Bretagne-Motive zeigen. Foisic ist nicht
darunter, was mich nicht überrascht. Dieser Drang, ja
nicht aufzufallen, um keine Schatzsucher anzulocken,
hat fast etwas Lächerliches.

In der hintersten Ecke erkenne ich eine Kabine mit
durchsichtigen Trennwänden, dahinter befindet sich
die Poststelle. Der Tresen ist leer. Ich will gerade darauf zugehen, als wie aus dem Nichts eine alte Dame
mit runder Metallbrille und wirren grauen Haaren

auftaucht. Sie trägt eine gelb-graue Bluse. Ich kenne sie: Es ist die Furie, die am Sonntag behauptet hat, Rimbaud hätte in ihren Vorgarten gepinkelt, und mich wüst beschimpft hat.

»Maske! Sie müssen eine Maske tragen! Können Sie nicht lesen? Das steht auf dem Schild an der Tür.« Ihre Stimme ist schrill, fast hysterisch.

»Ähm, nein … oder doch, ja. Ich habe es nur nicht gesehen.«

»Ziehen Sie Ihre Maske auf, oder verlassen Sie den Raum, sofort.«

»Ich habe keine.«

Und das aus gutem Grund. Seit es die Impfung gegen Covid-19 gibt, ist die Maskenpflicht aufgehoben. Aber die Postbeamtin zuckt nur mit den Schultern, das interessiert sie nicht.

»In diesem Fall fassen Sie nichts an, und halten Sie Abstand. Der Hund muss draußen warten.«

Sie deutet auf Rimbaud, der die Zähne fletscht und knurrt.

»Keine Angst, mein Schatz«, flüstere ich und nehme ihn auf den Arm, um ihn zu beruhigen. »Ich lass dich nicht alleine draußen.«

Rimbaud seufzt erleichtert und leckt mir übers Kinn, dann legt er den Kopf an meine Brust.

»Der Dackel ist gut erzogen, ich verspreche Ihnen, dass er keine Dummheiten machen wird. Mein Name ist Jade Beaumont, ich bin neu hier in Foisic. Wenn ich gewusst hätte, dass …«

»Noch eine Schatzsucherin«, fällt mir die Postbeamtin ins Wort und verzieht angewidert den Mund.

»Gewiss nicht. Ich bin Aglaé Bissels Großnichte, Sie haben sicher von ihr gehört. Sie war bis vor etwa zwanzig Jahren die Direktorin der Grundschule, ich habe ihre Villa geerbt. Ich bin gerade dabei, sie herzurichten und …«

»Sieh mal einer an!«

Ihre Bemerkung kommt messerscharf, dabei setzt sie die Brille ab und fixiert mich mit ihren stechenden blauen Augen. Mir ist das unangenehm, aber ich halte ihrem Blick stand. So alt ist sie gar nicht, die grauen Haare haben mich in die Irre geführt. Ich bemühe mich um ein freundliches Lächeln.

»Sie sehen ihr ähnlich«, murmelt sie schließlich. Die Inspektion ist beendet. Mir stehen Schweißperlen auf der Stirn.

»Sie kannten meine Großtante?«

»Hier in Foisic kennt jeder jeden. Ich hoffe, Sie sind nicht so arrogant wie sie.«

»Ähm, nein. Meine Eltern haben mich gut erzogen«, sage ich halb verlegen, halb verärgert.

»Besser so. Ich mag keine Angeber. Sie wohnen also im Les Ibis?«

»Ja, nun ich …«

»Verkaufen Sie das Haus so schnell wie möglich, und verschwinden Sie wieder.«

Freundlich geht anders. Ich schlucke, hüstele und halte ihr dann meine Benachrichtigungskarte hin.

»Ich möchte ein Paket abholen. Ist …«

»Geben Sie mal her.«

Sie reißt mir die Karte aus der Hand und setzt die Brille wieder auf.

»Warum steht da Ihr Name nicht drauf? Und das Datum? Wo ist der Absender?«, keift sie und begutachtet die Karte von allen Seiten.

Danach dreht sie sich um und verschwindet im Hinterzimmer. Ich höre sie fluchen. Dann scheinen Möbel gerückt zu werden. Nach fünf Minuten taucht sie wieder auf, die Haare sind jetzt noch zerzauster. Sie hat ein kleines Päckchen in der Hand und hält es mir hin.

»Sie haben Glück, dass ich es nicht weggeworfen habe. Das scheint ja noch aus vorsintflutlichen Zeiten zu stammen! Ich sollte Sie zwar nach Ihrem Ausweis fragen, aber da Ihre Großtante die Absenderin ist …«

Ich mustere das Etikett. Auf dem Feld für den Absender ist *Aglaé Bissel, Postamt Assuan, Ägypten* zu lesen.

Merkwürdig, ich dachte, meine Wohltäterin sei in Neukaledonien gestorben? Aber dann fällt mir ein, welche Leidenschaft sie für Ägypten hatte. Vielleicht hat sie eine Nilkreuzfahrt gemacht.

Was mich aber noch mehr erstaunt, ist, dass das Päckchen an die »neue Eigentümerin von Les Ibis« adressiert ist, also an mich. Sie hätte doch auch meinen Namen hinschreiben können. Auch das Absendedatum irritiert mich. Es liegt bereits mehr als ein Jahr zurück.

Woher wusste Aglaé, dass die Postbeamtin das Päckchen so lange aufbewahren würde?

»Vielen Dank, Madame ...«

»Morvan«, fällt sie mir ins Wort. »Vergessen Sie meinen Ratschlag nicht. Verkaufen Sie das Haus, und verlassen Sie Foisic.«

Ich nehme das Päckchen an mich und gehe, obwohl ich gerne noch einige Fragen geklärt hätte. Was für ein Drachen! Diese Frau werde ich auf keinen Fall vermissen, wenn ich wieder weg bin. Ich überquere die Straße und betrete die Eisenwarenhandlung Landrec. Die Türglocke bimmelt, dann ist es wieder still. Das Geschäft quillt fast über mit Werkzeugen und allen möglichen anderen Artikeln. Die langen Regalreihen bieten alles, was das Heimwerkerherz begehrt: Malerbedarf, Elektroartikel, Reinigungsmittel, Angelausrüstungen, Gartengeräte ... alles akribisch nach Themen geordnet. In der Mitte steht eine Holztheke mit einer altmodischen Registrierkasse, aber dahinter ist niemand zu sehen.

»Komme schon!«, ruft eine männliche Stimme.

Aber es tut sich nichts, und so wende ich mich dem Regal mit dem Schild *Innenraumrenovierung* zu. Rimbaud schnüffelt den Boden ab, ich suche ein paar Pinsel, Abdeckfolie und Klebeband aus. Wegen der Farbe brauche ich Beratung. Ich gehe zurück zur Theke, hinter der jetzt ein dicker Mann in einem braunen Kittel aufgetaucht ist. Seine kleinen dunklen Augen blitzen, die Glatze glänzt im Licht der Deckenlampe wie Elfenbein.

»Guten Tag, Mademoiselle Beaumont, ein hüb-
scher Dackel, den Sie da haben!«

Zärtlich schaut er auf meinen Hund, der freundlich
mit dem Schwanz wedelt.

»Guten Tag. Ähm, woher wissen Sie, wie ich heiße?«

»Meine Frau hat mir von Ihnen erzählt. Sie sind die
neue Eigentümerin von Les Ibis, nicht wahr?«

Ich nicke.

»Sie renovieren? Gute Pinsel haben Sie da ausgesucht. Ist das alles?«, er holt eine Plastiktüte.

»Nein, ich brauche noch …«

In diesem Augenblick bimmelt die Türglocke erneut.

12

Ein Schwall warmer Luft weht herein, als eine mondän wirkende Frau in einem roten Hosenanzug die Eisenwarenhandlung betritt. Sie hat blonde Haare, blaue Augen und ein faltenloses, perfekt geschminktes Gesicht. Das sieht verdammt nach Botox aus, da könnte ich wetten!

Ich will sie gerade grüßen, als sie an mir vorbeistolziert und mich keines Blickes würdigt. Ihr Triumphmarsch endet vor der Theke. Sie baut sich vor Monsieur Landrec auf und flötet: »Guten Tag, Albert. Wie geht es Ihnen heute?«

»Guten Tag, Mademoiselle Le Roy. Sehr gut, danke.«

»Keine Förmlichkeiten, bitte. Sie wissen doch, dass Sie mich Angadrem nennen sollen.«

»Das würde ich mir niemals erlauben«, stammelt der Eisenwarenhändler, und seine Wangen färben sich puterrot.

Nun ja, ich erlaube mir durchaus, die beiden an die korrekte Reihenfolge bei der Bedienung zu erinnern.

»Entschuldigen Sie, aber ich bin vor Ihnen dran.«

Ich lege meine Einkäufe auf die Theke und stütze mich darauf ab.

»Es dauert nicht lange«, ihre Stimme trieft vor Verachtung.

»Bei mir auch nicht.«

Wut steigt in mir auf, lange kann ich mich nicht mehr beherrschen. Zum Glück fängt Rimbaud an, mir an den Zehen zu lecken, was mich sofort wieder beruhigt. Braver Hund, du weißt, was ich mag! Ich beuge mich zu ihm hinunter und streichele ihn. Die eingebildete Pute nutzt die Gunst der Stunde, um sich vorzudrängen: »Ist meine Bestellung fertig, Albert?«

»Ich wollte Sie gerade anrufen, Mademoiselle Le Roy. Mein Lieferant hat heute Morgen leider nicht wie vereinbart liefern können. Zwei Fahrer sind krank und …«

»Mein Gott, das ist ja furchtbar!«, jammert sie, dabei wedelt sie mit ihren perfekt manikürten Fingern. »Mein Salon de thé soll in zwei Wochen eröffnen. Und wenn die Beleuchtung nicht stimmt, leidet die Atmosphäre.«

»Machen Sie sich keine Sorgen, Mademoiselle Le Roy. Er hat mir versprochen, dass bis übermorgen alles da sein wird.«

»Ach, perfekt. Tausend Dank, Albert. Wenigstens einer, auf den ich mich verlassen kann.«

Ihr Blabla ist kaum zu ertragen. Da bekommt man ja Flöhe. Und die stammen nicht von Rimbaud, der hat nämlich keine. Ich richte mich wieder auf, dabei entdecke ich eine Messingglocke, die ich kräftig läute. Mit nachhaltigem Erfolg, in mehrfacher Hinsicht.

Angadrem Le Roy wirft mir einen finsteren Blick zu, der mich aber völlig kaltlässt. Der Eisenwarenhändler verzieht sich hinter seine Kasse, auch er wirkt verärgert. Hinter einem Vorhang taucht Madame Landrec auf, die eben noch so überhebliche Blondine murmelt etwas und macht sich dann rasch aus dem Staub.

»Ich kümmere mich um die Kundin«, sagt sie knapp, »du kannst dich zurückziehen, Albert.«

»Danke, mein Täubchen.«

Mit gesenktem Blick verschwindet er hinter dem Vorhang. Als wir beide allein sind, entspannt sich Madame Landrec etwas. Aber sie wirkt immer noch wachsam. Sie hilft mir, die passende Farbe auszusuchen, dazu ein umweltfreundliches Mittel gegen das Unkraut in meinem Garten.

Ich gebe ihr den *Kig-ha-farz*-Topf zurück, dann plaudern wir über das soziale und kulturelle Leben in Foisic. Im Umkreis gibt es nichts, kein Kino, kein Theater, keine Disco. Die einzige Bar hat nur bis Mitternacht geöffnet und sogar einen Ruhetag. Zum Glück gibt es den Wohltätigkeitsverein, dem Madame Landrec vorsteht. Der Verein organisiert Feste und Veranstaltungen, wie das Orgelkonzert am Samstag in der Kirche, sammelt aber auch Geld für wohltätige Zwecke. Nicht alle Einwohner von Foisic leben in Wohlstand.

Einige sind so arm, dass sie ohne die Unterstützung nicht über die Runden kämen. Andere dagegen schwimmen im Geld, wie diese Angadrem Le Roy, deren Vater der Golf & Country Club Gais Hérons gehört, der etwa zwanzig Kilometer entfernt liegt. Im Gegensatz zu ihrer Familie lebt Angadrem in Foisic und will dort geschäftlich Fuß fassen. Ihr in den Start-löchern stehender Salon de thé soll dem La Jetée Kon-kurrenz machen, das kaum fünfzig Meter entfernt liegt.

»Ihr ganzes Auftreten missfällt mir«, vertraut mir Madame Landrec mit leiser Stimme an, »und noch ein Tipp, lassen Sie sie nicht in die Nähe Ihres Freundes.«

»Ich habe keinen, um ehrlich zu sein.«

»Eine so attraktive junge Frau wie Sie bliebt nicht lange allein. Der eine oder andere nette junge Mann, zum Beispiel mein Neffe, könnte sich durchaus für Sie interessieren. Mein Enkel Corentin meinte, sie wür-den sich gut verstehen.«

»Ich habe ihn letzten Sonntag kennengelernt, er hat mir einen Ball gegen den Kopf geschossen«, bemerke ich sarkastisch.

»Manchmal beginnen Liebesgeschichten genau so. Stellen Sie sich vor, mein Mann und ich haben uns in dieser Eisenwarenhandlung kennengelernt. Ich war gerade mal sechzehn und wollte Glühbirnen mit Schraubgewinde für meine Eltern kaufen. Albert half seinem Vater im Laden. Er hat mir aus Versehen wel-che mit Stiftsockel verkauft ...«

»Das habe ich mit Absicht gemacht, mein Täub-chen«, ist Monsieur Landrecs Stimme hinter dem Vor-hang zu hören, »damit ich dich wiedersehen kann.«

Seine Frau lächelt versonnen. Ich schweige und lasse sie die glückliche Erinnerung genießen. Dann bimmelt die Türglocke erneut. Ich greife nach meinen Einkäufen.

»Ich muss gehen. Wir sehen uns am Samstag, Madame Landrec.«

»Nennen Sie mich doch bitte Sylvie. Und was Ihre Bestellung angeht, melden wir uns, sobald die Farbe da ist«, sagt sie und wendet sich dem neuen Kunden zu. »Guten Tag, Étienne, was kann ich für dich tun?«

Der Name klingt vertraut, ich drehe mich um und stehe dem Anstreicher gegenüber. Ups, erwischt! Er wird sich fragen, ob ich seine Dienste noch in Anspruch nehmen werde. Wahrscheinlich wird er Sylvie Fragen stellen und herausfinden, dass ich eine ganze Menge Farbe bestellt habe.

Étienne Prigent wirft mir einen finsteren Blick zu, was mich in meiner Annahme bestätigt. Ich presse ein »Auf Wiedersehen« hervor und verschwinde.

13

Ich muss mich beeilen, Alban und Corentin kommen gleich vorbei. Und als hätte ich es geahnt: Obwohl es noch nicht fünf ist, stehen die beiden bereits vor der Tür. Rimbaud zeigt seine Freude offen, ich halte mich zurück. Lieber erst mal abwarten. Die Worte von Albans Tante klingen mir im Ohr. Ob ich es will oder nicht, die Aussicht, Zeit mit ihm zu verbringen, gefällt mir. Der Gedanke, dass wir zusammen ausgehen könnten, lässt mich nicht mehr los. So läuft das nicht! Jetzt nur nicht sentimental werden! Wie oft habe ich smarte Typen wie Alban kennengelernt, und sie haben mich nie wirklich interessiert. Aber irgendetwas an seinem breiten Lächeln lässt mich nicht los.

»Wo fangen wir an?«, fragt er, als wir den Flur betreten. »Erst der Rundgang oder erst die Crêpes?«

»Erst versuchen wir es bei den verschlossenen Türen!«, ruft Corentin, der Rimbaud auf den Arm genommen hat. »Ich habe jede Menge Schlüssel mitgebracht.«

»Hör mal, Corentin, ich habe dir doch schon erklärt, dass es unhöflich ist, sich anderen aufzudrängen.«

»Ich habe eine Idee«, versuche ich zu vermitteln.

»Während wir uns das Haus ansehen, probierst du die Schlüssel aus, Corentin.«

»Super. Und danach essen wir Crêpes!«

Corentin setzt Rimbaud auf den Boden und rennt den Flur entlang, wir folgen ihm. Vor der ersten verschlossenen Tür angekommen, holt er einen dicken Schlüsselbund aus seinem Rucksack. Während er einen Schlüssel nach dem anderen ins Schloss steckt, frage ich Alban: »Ab heute hast du Ferien?«

»Ja, ich bin frei wie der Wind. Und wie ausgemacht, werde ich dir helfen, damit hier alles tipptopp wird«, antwortet er und nimmt mir die Tüten aus der Hand. Er schaut hinein: »Was sehe ich denn da? Pinsel, Unkrautvernichter ... Der Wetterbericht hat für die nächsten Tage gutes Wetter vorhergesagt, am besten fangen wir im Garten an.«

»Ich komme gut allein zurecht.«

»Darüber haben wir doch schon gesprochen, Jade. Ich möchte dir wirklich gerne helfen.«

»Wenn du ein schlechtes Gewissen wegen des Querschlägers hast, die Beule ist längst verschwunden«, antworte ich möglichst cool und fasse mir an die Schläfe.

»Nicht nur. Ich bin gerne behilflich, vor allem bei Frauen, die ...«

»Er passt«, jubelt Corentin. »Ich kann die Tür aufschließen. Ich wusste, dass es klappt.«

Der Dackel freut sich offensichtlich mit, er bellt freudig und tollt um seinen neuen Freund herum.

»Still, Rimbaud, beruhige dich«, sage ich streng.

Er zieht den Schwanz ein, winselt kurz und gehorcht. Erwartungsvoll lege ich die Hand auf die Klinke, drücke sie herunter und öffne die Tür. Finsternis umfängt uns. Und ein angenehmer Geruch strömt uns entgegen, den ich nicht deuten kann. Erst als ich den Lichtschalter betätige, weiß ich mehr.

Der Raum ist beeindruckend groß. Ein Bücherregal reiht sich an das andere, prunkvolle Kristalllüster spenden warmes Licht. Die hohe Decke unterstreicht die imposanten Dimensionen des Raumes. Um die oberen Regalbretter zu erreichen, gibt es mehrere hölzerne Wendeltreppen, auf halber Höhe verläuft rundum eine Galerie.

»Eine Bibliothek!«, ruft Corentin begeistert.

Er steigt eine Treppe nach oben.

»Wuff!« Nachdem er mir einen misstrauischen Blick zugeworfen hat, versucht Rimbaud, ihm zu folgen.

»Diese Bibliothek ist riesig, wahrscheinlich reicht sie bis unter das Dach«, auch Alban ist sichtlich beeindruckt und traut sich kaum, sich zu bewegen. »Komm da runter, Corentin.«

Der denkt gar nicht daran, nimmt Rimbaud auf den Arm und steigt die Treppe weiter nach oben zur Galerie. Währenddessen erkunden Alban und ich den unteren Bereich. Wir entdecken eine weitere verschlossene Tür, die wohl zurück in den Flur führt. Dann schauen wir uns die Bücher in den Regalen näher an.

Nach den Titeln auf den Buchrücken zu urteilen, hat sich meine Großtante für alles Mögliche interes-

siert. Ägyptologie, Poesie, Theater, Essays, Frauen-
romane, Krimis, Fantasy, Reiseliteratur. Ich frage mich,
wie sie sich das mit ihrem Gehalt überhaupt leisten
konnte.

»Sieh mal an … eine erotische Erzählung«, murmelt Alban hinter mir.

Ich drehe mich um. Mit einem unergründlichen
Lächeln auf den Lippen wedelt er mit einem Buch,
dessen Titelbild unmissverständlich ist. Ich werde rot
wie eine Tomate, während er mich geradezu zärtlich
ansieht. Dieser Mann hat wirklich wunderschöne Augen, das magnetische Grün ist es, das die Frauen in
Foisic in Scharen schwach werden lässt.

Klatsch! Ich verpasse mir eine mentale Ohrfeige,
um mein Hirn wieder auf Normalbetrieb zu bringen.

»Es gibt auch Bücher über die *smoggleurs*«, versuche ich abzulenken, »diese Schmuggler, die ihre Beute
in Foisic versteckt haben.«

Das verführerische Glitzern in seinen Augen erlischt
schlagartig. Und die Temperatur im Raum sinkt wieder. Besser so!

»Willst du wegen Corentin nicht darüber sprechen?«, frage ich leise. »Weil seine Eltern bei der
Schatzsuche ums Leben gekommen sind? Er kann uns
gerade nicht hören, ich sehe keinen Grund, warum du
es mir verheimlichst.«

Ohne weiter darauf einzugehen, stellt er den eroti-
schen Roman ins Regal zurück.

»Ich kann ein Geheimnis für mich behalten, falls es

dich beruhigt«, füge ich hinzu, in der Hoffnung, dass er sein Schweigen bricht.

Er mustert mich stirnrunzelnd. Ich halte die Luft an und versuche, seinem Blick standzuhalten. Offen und ehrlich sehe ich sicher nicht aus. Als ich blinzele und nach Luft schnappe, muss er grinsen. Er setzt sich auf einen der drei flaschengrünen Samtsessel, die im Halbkreis um einen weißen Marmorkamin angeordnet sind.

Ich setze mich neben ihn. Im Herbst, wenn es kälter wird, könnte ich den Kamin anmachen, ein gutes Buch lesen und die Unbill der Welt um mich herum vergessen.

»Ich kann ihn gut verstehen. Meine Eltern sind ebenfalls im Zusammenhang mit dem Schatz zu Tode gekommen«, sagt Alban plötzlich. »Zuerst mein Vater. Ich war gerade einmal fünf, als die Polizei kam und uns sagte, dass man seinen leblosen Körper am Strand gefunden habe. Ein Tauchunfall. Er suchte nach der Grotte, die der Hawkhurst-Bande als Versteck gedient haben soll. Wenn man sie eines Tages finden sollte, wird sie voller Skelette sein.«

Er lacht bitter. Ich schaudere und werfe einen Blick nach oben auf die Galerie. Zum Glück hat Corentin nichts gehört. Er sitzt mit überkreuzten Beinen am Boden und liest in einem Buch. Und ich bin sicher, Rimbaud würde es ihm am liebsten gleichtun.

»Wie furchtbar! Es ... es tut mir wirklich leid ...«, stammele ich und suche nach den richtigen Worten.

»Das muss es nicht, das ist vorbei. Aber du verstehst jetzt vielleicht, warum ich vor meinem Neffen nicht darüber reden will. Diese Schmugglergeschichten setzen ihm Flausen in den Kopf. Ich möchte nicht, dass er so endet wie seine Eltern oder mein Vater.«

»Und deine Mutter?«

Ich habe etwas gezögert, bevor ich ihm diese Frage stelle. Aber wenn wir schon bei dabei sind …

»Im Winter nach dem Tod meines Vaters ist sie an Grippe gestorben. Vielleicht auch an Kummer. Man weiß es nicht. Ich bin dann bei meiner Tante und meinem Onkel aufgewachsen.«

»Sylvie und Albert.«

»Ja, Corentins Großeltern. Was Gourcuff betrifft …«

Er hält inne, sein Blick ist düster geworden. »Der geldgierige Schmarotzer?«, versuche ich die Situation zu entspannen.

»Genau der. Lass ihn nicht mehr ins Haus.«

»Freunde scheint ihr nicht gerade zu sein.«

»Ich verabscheue ihn«, man kann seine Verachtung nahezu greifen, »aber darum geht es nicht. Schon sein Vater und sein Großvater hatten es auf Häuser in Foisic abgesehen. Am Boulevard du Front de Mer gehören der Familie Gourcuff bereits drei. Aber anstatt sie in Ferienwohnungen umzuwandeln, lassen sie die Häuser leer stehen. Dabei ist das eine Toplage.«

»Das ist in der Tat seltsam. Die Touristen wären begeistert.«

»Allerdings! Man würde ihnen die Bude einrennen. Aber du hast die Einstellung der Einheimischen zu den Gästen mittlerweile kennengelernt: Morgens sollen sie kommen, möglichst viel Geld ausgeben und abends wieder gehen.«

Ich verstehe jetzt besser, warum die Straßen nachts wie ausgestorben sind.

»Und warum machen die Gourcuffs das? Häuser kaufen, ohne Profit damit zu machen, das ergibt doch keinen Sinn.«

»Dazu musst du wissen, dass es unter der Stadt ein Tunnelsystem gibt, das vor mehr als zweihundertfünfzig Jahren gegraben wurde.«

»In der Zeit von Ludwig XV.?«

»So heißt es jedenfalls. Die Gänge dienten den Schmugglern als Transportwege. Sie verbanden die Grotten, in denen sie mit ihren Booten ankamen, um das Schmuggelgut abzuladen, mit den Verkaufsstellen. Und das alles vor der Nase der englischen Spione, die sie enttarnen wollten. Einer dieser Tunnel soll zu dem versteckten Schatz führen, aber niemand hat ihn je gefunden. Die meisten Häuser in Foisic haben Keller, die mit den Gängen verbunden sind.«

»Ich weiß, worauf du hinauswillst. Aber ich kann dir sagen, dass mein Haus keinen Keller hat.«

»Das glaubst du! Vielleicht hat deine Tante ihn zumauern lassen. Wer weiß? Jedenfalls spielt Gourcuff nicht mit offenen Karten. Bisher hat er nur Häuser gekauft, die direkt am Wasser liegen. Dass er jetzt auch an deinem interessiert ist, macht mich misstrauisch. Du solltest ihn nicht mehr reinlassen.«

»Aber er meinte, er hätte solvente Interessenten für Les Ibis.«

»So gehen die Gourcuffs immer vor. Um Seriosität vorzugaukeln. Sobald du verkauft hast, wird er sein wahres Gesicht zeigen und nach dem Keller und dem Gang suchen, der zum Versteck führen soll. Da kannst du sicher sein!«

14

Samstag, 3. Juli

Wie es aussieht, ist meine Villa die neue Attraktion des Städtchens. Ich habe ständig Gäste, die Frauen vom Wohltätigkeitsverein, Corentin, Alban ... alle treffen sich bei mir. Hilfe! Ich brauche dringend eine Auszeit! Ich träume davon, in einem Liegestuhl auf der anderen Seite des Atlantiks zu liegen und Mojitos zu schlürfen.

Nach der Entdeckung der Bibliothek reißt der Strom der Besucher nicht ab. Anscheinend möchten sich alle Ortsansässigen darin umsehen. Es herrscht ein ständiges Kommen und Gehen.

Am Donnerstag brachte Sylvie Landrec mir Kuchen vorbei. Madame Guillerm, die Schatzmeisterin des Wohltätigkeitsvereins, begleitete sie. Madame Guillerm ist eine der jungen Mütter, die ich vor der Grundschule gesehen habe. Eine kleine, etwas mollige Frau mit sanftem Gesicht und gütigen Augen, ihre blonden Haare sind zurückgekämmt und zu einem Knoten zusammengefasst.

Erst tranken wir Tee, dann zeigte ich den beiden

das Haus. Sie waren begeistert. Vor allem die Liebesromane in der Bibliothek haben es ihnen angetan, und ich lieh ihnen einige aus.

»Wir lesen so etwas ja nicht, aber die eine oder andere Mitstreiterin im Verein könnte es vielleicht interessieren«, versuchten sie sich zu rechtfertigen.

Doch ihre verzückten Blicke auf die Buchumschläge sprachen Bände. Ich glaubte ihnen kein Wort.

Am frühen Freitagnachmittag kam Anne Drésin vorbei. Sie hatte einen jungen Mann im Schlepptau. Cédric Mahé wurde mir als Praktikant vorgestellt. Ein schlaksiger, etwas schüchtern wirkender junger Mann mit braunen Haaren und neugierigen dunklen Augen. Wir tranken Kaffee und aßen von dem Konfekt, das sie mir mitgebracht hatten. Auch sie wollten die Bibliothek sehen, und ich lieh ihnen einige Bände über die Geschichte der Bretagne aus.

»Damit Cédric seine Heimat kennenlernt«, erklärte Anne.

Hoffentlich kommen die anderen Bewohner des Städtchens nicht auf dieselbe Idee, die Gemeindebibliothek ist zwar nicht gerade gut bestückt, aber das heißt nicht, dass sie sich nach Lust und Laune bei mir bedienen können.

Auch der Immobilienmakler tauchte wieder auf, und ich erklärte ihm freundlich, aber bestimmt, dass er nicht willkommen sei.

»Ich bin gerade mitten in der Renovierung. Der Farbgeruch, Sie verstehen«, sagte ich.

Natürlich wollte er das nicht akzeptieren und versuchte, sich ins Haus zu drängen, aber Alban kam mir zu Hilfe. Die beiden fingen an zu streiten, und es fehlte nicht viel, dann wäre Blut geflossen. Als Rimbaud den ungebetenen Gast anbellte und nach seinen Hosenbeinen schnappte, verschwand er endlich wieder.

Alban hat sein Versprechen gehalten und stand tatsächlich mit einer Spritze und anderen Gartengeräten vor der Tür. Zuerst sprühte er Unkrautvernichter auf die Quecken, dann riss er alles raus, was keinen botanischen Namen hat. Zwei Nachmittage kümmerte er sich um meinen Garten, als wäre es sein eigener. Wirklich rührend.

Es ist mir ein bisschen peinlich, es zuzugeben, aber ich habe nicht mitgeholfen. Die Sonne brannte vom Himmel – und in meinem Kopf tauchten die wildesten Fantasien auf. Alban war dabei der Held aus einem Actionfilm, er schien unbändige Kraft, Ausdauer, Dynamik und Geschick in sich zu vereinen. Ich habe ihm bewundernd zugesehen und ab und zu nichtalkoholische Getränke und Kuchen serviert. Als Motivationshilfe.

Ich bin nicht seine einzige Bewunderin. Sylvie Landrec und die Schatzmeisterin haben ihn mit Blicken verfolgt und ihm sogar anerkennend hinterhergepfiffen. Zum Glück hat Alban nichts gemerkt. Das hätte gerade noch gefehlt!

Heute ist Samstag, und er hat angerufen, dass er

nicht vor Montag wiederkommt. Das Unkrautver-
nichtungsmittel muss erst wirken, bevor es weitergehen kann. Als ich ihn gefragt habe, ob er mit zum
Orgelkonzert kommen würde, hat er mir mitgeteilt, er
habe noch etwas Dringendes zu erledigen. Als mir klar
geworden ist, dass ich ihn erst in zwei Tagen wiedersehen werde, hat mir das einen kleinen Stich gegeben.
Was er wohl vorhat? Mit seinen Schülern am Strand
Fußball spielen? Aus Versehen einer anderen jungen
Frau einen Ball an den Kopf schießen, damit er ihr als
Wiedergutmachung das Zimmer streichen kann?

Der Gedanke gefällt mir gar nicht. Habe ich vielleicht einen Sonnenstich? Das würde jedenfalls erklären, warum ich mich mit einem solchen Blödsinn be-
schäftige. Alban und ich sind kein Paar, er kann tun
und lassen, was er will. Das muss ich mir immer wieder klarmachen.

Aber Corentin ist zur Stelle. Wie jeden Morgen seit
Ferienbeginn kommt er um zehn vorbei und vergräbt
sich in der Bibliothek. Rimbaud weicht ihm nicht von
der Seite.

Zwölf Uhr. Ich rufe ihn zum Mittagessen.

»Schauen Sie mal!«, ruft er mir glückstrahlend zu,
während er in die Küche kommt. »Der stand neben
dem Kamin. Ihr Hund hat ihn gefunden, nicht wahr,
Rimbaud?«

»Wuff!«

Er hält mir meinen Einkaufskorb hin, den ich vor
dem Sessel stehen gelassen habe, als wir die Bibliothek

entdeckten. Bevor ich danach greifen kann, wühlt er darin herum und präsentiert mir das Päckchen, das ich auf der Post abgeholt habe. Das habe ich total vergessen!

»Das gehört Ihnen, Jade. Da steht ›An die neue Eigentümerin von Les Ibis‹ drauf.«

»Sag mal, Corentin, willst du nicht endlich aufhören, mich zu siezen?«, frage ich und habe das Gefühl, mich zum x-ten Mal zu wiederholen.

»Ich habe Ihnen doch schon erklärt, dass ich das komisch fände. Sie sind eben älter als ich, verstehen Sie?«

»Danke, aber so alt bin ich nun auch wieder nicht«, entgegne ich entrüstet. »Dein Onkel ist älter als ich, und den duzt du ja auch.«

»Ich werde es versuchen. Und Ihr ... dein Päckchen, kann ich das aufmachen?«

Ich glaube nicht, dass meine Großtante Aglaé mir etwas geschickt hat, was peinlich sein könnte. Deshalb nicke ich. Mein junger Freund setzt sich an den Tisch und wickelt das Päckchen aus. Rimbaud sitzt auf dem Boden, den Kopf leicht schief, und beobachtet interessiert die Szene. Ich bin nicht minder neugierig.

Es ist eine Blechdose. Corentin klappt den Deckel auf. Im Inneren verbirgt sich ein rechteckiges Bronzekästchen. Ich nehme es ihm aus der Hand, er protestiert nicht, obwohl ich ahne, dass er es gerne selbst aufgemacht hätte.

Das Kästchen ist mit reliefartigen ägyptischen Motiven verziert, an den schmalen Seitenflächen sitzen vergoldete Skarabäen. Auf einer der breiten Seiten-flächen sind Hieroglyphen zu erkennen, auf der anderen eine Waage. In der einen Waagschale liegt eine Feder, in der anderen ein Herz, beide sind im Gleichgewicht. Auf dem Deckel erkennt man fünf konzentrische Kreise, die vier Ringe formen. Jeder Ring ist mit den sechsundzwanzig Buchstaben des Alphabets gefüllt. Fieberhaft suche ich nach einem Verschluss, aber ich finde keinen.

»Das ist ein Geduldsspiel!«, ruft Corentin begeistert, der auf seinem Stuhl hin und her rutscht. »Bestimmt kann man die Ringe drehen.«

Er hat recht, sie lassen sich problemlos um ihre gemeinsame Achse bewegen.

»Das scheint wie ein Zahlenschloss zu funktionieren«, vermute ich.

»Genau. Man muss die richtige Buchstabenfolge einstellen, damit es aufgeht.«

»Das heißt, wir brauchen ein Wort mit vier Buchstaben.«

»Sollen wir JADE versuchen?«, schlägt Corentin vor, er reißt mir das Kästchen aus den Händen und dreht an den Ringen. Es klickt. Ich lasse ihn machen. Aber um dieses Sesam-öffne-dich zu knacken, hat meine Großtante bestimmt nicht meinen Vornamen ausgesucht. Da hat sie sich garantiert etwas Komplizierteres ausgedacht. Was könnte sie mir geschickt haben, das so wertvoll ist, dass man es derart schützen muss? Einen Diamanten? Einen Goldklumpen?

Ich schalte das Gas aus und stelle den Topf mit den Erbsen und die Pfanne mit den Steaks auf den Tisch. Corentin seufzt tief, Rimbaud stimmt ein.

»Das ist nicht die Lösung, oder?«

»Nein.«

»Ärgere dich nicht, Corentin. Sobald wir etwas im Magen haben, werden wir dem Rätsel auf die Spur kommen.«

Ich fülle seinen Teller. Den Kopf aufgestützt, schaufelt er geistesabwesend das Essen in sich hinein. Immer wieder verzieht er das Gesicht und tippt etwas in sein Handy. Ich fülle Rimbauds Wasserschüssel und esse ebenfalls. Wir schweigen.

Je mehr sich mein Magen füllt, desto besser funktioniert mein Gehirn. Die Lösung des Rätsels liegt in der Entzifferung der Hieroglyphen auf einer der breiten Seitenflächen des Kästchens. Corentin kommt zu demselben Schluss. Nachdem er die selbst gemachte Mousse au Chocolat vertilgt hat, legt er sein Handy zur Seite und sieht mich durchdringend an. Sein ernster Gesichtsausdruck passt so gar nicht zu seinem mit Sommersprossen übersäten Kindergesicht.

»Wir müssen die Inschrift übersetzen«, sagt er und deutet auf das Kästchen, »das ist Altägyptisch. Aber ich habe im Internet leider nicht gefunden, was die Hieroglyphen bedeuten.«

»Wir könnten es in der Bibliothek versuchen, vielleicht ...«

»Das ist eine gute Idee!«, fällt er mir ins Wort, seine

Begeisterung ist zurückgekehrt. »In der Abteilung ›Altes Ägypten‹ gibt es bestimmt Wörterbücher.«

Dieses Temperamentsbündel überfordert mich ein wenig, aber ich nicke. Er greift nach dem Kästchen und verschwindet, der Dackel flitzt ihm hinterher.

»Rimbaud muss ausgeführt werden!«, rufe ich ihm nach.

Endlich Ruhe! Ich trinke einen Kaffee und räume ab. Corentin würde sicher bald wieder auftauchen, mit triumphierender Miene, weil er das Rätsel gelöst hat. Aber nichts dergleichen geschieht. Ich beschließe, auf den Dachboden zu gehen und einer anderen Spur zu folgen. Vielleicht hat Aglaé in einer ihrer antiken Vitrinen weitere Hinweise versteckt?

Ich steige die Stufen hoch und schalte dann die Taschenlampe meines Smartphones ein. Auf dem Dachboden gibt es kein Licht. Auf der Treppe hat Rimbaud den Pantoffel liegen lassen, den ich seit heute Morgen gesucht habe. Ich hebe ihn auf. Zwei Stufen weiter liegen zwei Socken, ich beuge mich erneut nach unten. Ich bin genervt. Diesem Hund muss ich endlich Manieren beibringen! Die Knochen unter dem Schrank herauszugeben, wäre ein guter Anfang.

Drei Stufen vor dem Treppenabsatz entdecke ich schließlich meinen Morgenmantel und greife danach. Ich will mich gerade wieder aufrichten, als mir der Schreck in alle Glieder fährt. Im Licht meiner Taschenlampe glänzt ein gespannter Draht, der wenige Zentimeter über dem Boden angebracht worden ist.

Für jemanden von einem Meter fünfundsiebzig kaum zu erkennen, es sei denn, er beugt sich nach unten.

Verdammt! Wäre ich die Treppe hochgestürmt wie sonst, wäre ich gestolpert und hätte mir den Hals brechen können. Ich zittere am ganzen Körper, löse den Draht und stecke ihn in meine Hosentasche. Mit weichen Knien erreiche ich den Dachboden. Die Fenster sind geschlossen, draußen scheint die Sonne, nichts lässt darauf schließen, dass jemand das Haus betreten hat. Ich untersuche jeden Raum, überall das gleiche unauffällige Bild. Dann gehe ich wieder hinunter ins Erdgeschoss. Alle Türen sind verschlossen, es gibt keinerlei Spuren für ein gewaltsames Eindringen. Das lässt nur einen Schluss zu: Der Fallensteller muss jemand sein, den ich kenne und selbst ins Haus gelassen habe. Wer könnte mir Böses wollen? Und warum? Eine ungeheuerliche Vorstellung.

Ich gehe in die Küche zurück und starre durch die Terrassentür ins Freie, den Garten nehme ich gar nicht wahr, so sehr bin ich in Gedanken versunken. Wann war ich das letzte Mal auf dem Dachboden? Freitag? Nein. Auch Donnerstag nicht, weder mit Anne und ihrem Praktikanten noch mit Sylvie Landrec und Madame Guillerm. Ihnen wollte ich die Sammlung altägyptischer Preziosen nicht zeigen. Aber was war am Mittwoch?

Nachdem Anne Drésin gegangen war, tauchten die Handwerker auf. Einer nach dem anderen. Aber nur der Dachdecker war ganz oben, und den habe ich nicht aus den Augen gelassen. Und im Gegensatz zu dem Anstreicher und dem Gärtner, die leer ausgingen, hatte er keinen Grund, sauer auf mich zu sein. Allerdings war ich Donnerstag und Freitag nicht die ganze Zeit mit meinen Gästen zusammen. Aber was hätten Anne oder Sylvie davon, mir zu schaden? Sie sind doch beide so nett! Auf der anderen Seite hat Sylvie mich gedrängt, Foisic so schnell wie möglich zu verlassen. Aber warum dann noch ein Attentat? Und was den Praktikanten und die Schatzmeisterin angeht: Wir kennen uns kaum. Warum sollten sie mir schaden wollen?

Aber der Draht ist und bleibt ein Fakt.

Und dann denke ich weiter: Wie kann es sein, dass einer der Schlüssel, die Corentin mitgebracht hat, ins Schloss meiner Bibliothek passt? Ein Schlüssel aus der Eisenwarenhandlung seiner Großmutter. Vielleicht gibt es auch einen Schlüssel, der zu meiner Haustür passt? In diesem Fall wären seine Großeltern, aber auch Alban verdächtig. Und der ist gerade heute nicht da. Ob er der Schuldige ist?

Diese Möglichkeit gefällt mir gar nicht. Aber auszuschließen ist sie nicht.

15

Den Mordanschlag auf mich habe ich noch immer nicht verdaut. Deshalb bin ich auch eher reserviert, als Corentin mir von seiner Entdeckung in der Bibliothek erzählt. Er hat alle Hieroglyphen auf dem Bronzekästchen entschlüsselt, es aber trotzdem nicht öffnen können. Bei der Inschrift handelt es sich um den Namen Hunefer, ein altägyptischer Schreiber, der als Code viel zu lang ist.

Corentin ist aufgeregt und möchte unbedingt weiter recherchieren. Aber selbst Rimbauds verführerische Zunge an meinen Zehen kann mich nicht umstimmen. Ich bin schlecht gelaunt und schicke den Jungen nach Hause. Er ist enttäuscht, aber ich bin nicht in der Stimmung, mich davon beeindrucken zu lassen.

Immerhin wollte mich jemand umbringen!

Als ich mich endlich nach draußen traue, ist der Platz vor dem Haus leer. Die Händler haben ihre Stände abgebaut. Ich gehe in die Markthalle, um fürs Wochenende einzukaufen. Rimbaud trottet neben mir hier, er weiß nichts von der Gefahr, die uns droht.

Seine Anwesenheit trägt nicht viel zu meiner Beruhigung bei. Wie soll mein wunderbarer Dackel mich gegen einen zu allem bereiten Gegner beschützen? Natürlich verdanke ich meinem vierbeinigen Beglei- ter viel, ohne ihn würde es mir noch viel schlechter gehen. Aber warum hat er den Täter nicht angebellt? Die Vorstellung, dass er ihn oder sie kennt und ihm oder ihr sogar freundlich gesinnt sein könnte, lässt mich schaudern.

Nach dem Einkaufen esse ich zu Abend. Aber ich schmecke nicht mal, was ich auf dem Teller habe. Dann schließe ich alle Läden, sogar die auf dem Dach- boden, lege Rimbaud in sein Körbchen und decke ihn mit einem meiner Kleidungsstücke zu, damit er we- nigstens meinen Geruch um sich hat. Er schläft sofort ein, und ich mache mich auf den Weg zum Konzert des Wohltätigkeitsvereins. Die Mühe, mich noch mal umzuziehen, spare ich mir.

Als ich die Kirche betrete, hat das Konzert schon begonnen. Schwermütige Töne hallen durch den wei- ten Raum und verklingen hoch oben im Gewölbe. Das passt zu meiner Weltuntergangsstimmung. Das Längs- schiff aus rotem Backstein ist nur schwach beleuchtet, aber ich erkenne Reihen von Köpfen, die auf die Orgel über dem vergoldeten Altar gerichtet sind.

In der Nähe des Eingangs gibt es noch ein paar freie Plätze. Ich setze mich neben eine alte Dame mit gerö- teten Wangen, die ein schwarzes Kleid und eine weiße Schürze trägt. Es fehlt nur das Spitzenhäubchen, dann könnte man sie sich auf einer Postkarte zu Beginn des letzten Jahrhunderts vorstellen. Ich habe sie bereits zwei, drei Mal im Ort gesehen. Da wirkte sie immer etwas mürrisch, soweit ich mich erinnere. Kaum habe ich mich auf der Bank niedergelassen, schaut sie mich vorwurfsvoll an.

»Ja, ich bin zu spät«, murmele ich leise, »aber ich habe auch niemanden gebeten, einen Draht über meine Treppe zu spannen.«

»Pssst, junge Frau. Kein Wort jetzt!«

Ich kann mich nicht richtig auf die Barockmusik konzentrieren. Die anderen Zuhörer sehe ich nur von hinten, keine Ahnung, wer wer ist. Unter ihnen verbirgt sich jemand mit niederträchtigen Absichten. Allein, wenn ich daran denke, wird mir flau im Magen.

Eine Stunde später brandet tosender Applaus auf, das Konzert ist zu Ende. Der kahle Kopf des Organisten und ein Arm tauchen hinter der imposanten Orgel auf. Der Beifallssturm wird zum Orkan.

»Das ist der gute Jacquot, der Apotheker«, flüstert mir die nun gnädiger gestimmte alte Dame ins Ohr, »sehr begabt, nicht wahr?«

»Ähm, ja, tatsächlich …«

»Ich habe ein Ohr für so was, sogar der alte Le Roy wollte ihn haben, für seinen Countryclub, wie es heißt.«

»Der Vater von Angadrem Le Roy wollte ihn für seinen Countryclub?«, wiederhole ich, während sich wieder Stille über das Kirchenschiff legt.

»Genau der. Als Alleinunterhalter. Wenn wir uns nicht gewehrt hätten, hätte er sogar unsere Reliquie dort ausgestellt. Haben Sie das herrliche Stück schon gesehen?«

»Den Zehennagel?«

»Das ist nicht einfach ein Nagel, der ist von unserem Herrn. Der bleibt hier in der Kirche. Und unseren Jacquot kriegt er auch nicht. Der hat ja nicht den Verstand verloren, der weiß genau, wer seine Freunde sind. Ah, da ist ja der Pfarrer. Ein großartiger Mann. Leider schon mit dem Herrgott verheiratet ...«

»Pssst!«, rügt eine alte Dame in der Bank vor uns. »Der Pfarrer spricht!«

Ein würdevoller Herr mit grauen Schläfen, der eine Soutane mit goldenen Bordüren trägt, steigt auf die Kanzel und positioniert sich zwischen zwei geschnitzten Engelsstatuen. Der Mann weiß, wie man sich in Szene setzt! Er spricht mit salbungsvoller Stimme, meine Nachbarin hängt fasziniert an seinen Lippen. Dann tritt Sylvie Landrec neben ihn und verkündet, dass im Raum neben der Kirche Erfrischungen gereicht würden. Wie auf Kommando springen die meisten Konzertbesucher auf und eilen in Richtung des linken Querschiffs.

»Wo wir uns mit Sicherheit nicht lumpen lassen!«, meint meine Nachbarin mit leichtem Spott und steht ebenfalls auf.

Das ist der ideale Moment zum Rückzug. Doch nach drei Schritten Richtung Ausgang zieht jemand an meinem Arm. Ich drehe mich um. Anne Drésin steht vor mir und lächelt mich an. Sie trägt ein strohgelbes Kleid mit Rüschen, die hellblonden Haare fallen ihr weich über die Schultern, ihre Augen sind kaum zu erkennen.

»Du gehst schon, Jade?«, fragt sie. »Komm doch mit, ich möchte dich den anderen vorstellen. Hat dir das Konzert gefallen?«

»Ja, sehr, aber ich kann leider nicht bleiben.«

»Du bist ja kreidebleich, du siehst gar nicht gut aus. Bist du krank? Mein Schwager ist Arzt, falls du Hilfe brauchst.«

Sie deutet auf ein Grüppchen, das sich im linken Seitenschiff gebildet hat, dort, wo die Erfrischungen gereicht werden.

»Der große Rothaarige, der nicht zu übersehen ist, das ist mein Mann, sein Bruder steht direkt neben ihm.«

Ich hätte ihr das Schockerlebnis verschweigen können, immerhin steht Anne Drésin auf der Liste der potenziell Verdächtigen. Aber warum sollte sie mir nach dem Leben trachten? Das ergibt keinen Sinn.

»Man hat versucht, mich umzubringen«, platze ich heraus und zwinkere heftig mit den Augen, um nicht in Tränen auszubrechen. »Bei mir zu Hause, in der Villa.«

»Das gibt's doch nicht. Bist du sicher?«

Ich zeige ihr den Draht, den ich noch immer in der Hosentasche habe.

»Er war zwischen zwei Treppenstufen gespannt.«

Ich schluchze auf und kann nicht weitersprechen.

Während ich tief durchatme, zieht mich Anne hinter eine Säule. Ich erzähle ihr alles von Anfang an, von meinen Unternehmungen der vergangenen drei Tage, meinen Mutmaßungen und Spekulationen. Als ich fertig bin, ist die Kirche leer.

»Ich kann mir nicht vorstellen, dass Sylvie etwas damit zu tun hat«, sagt Anne und bläst sich eine Strähne aus dem Gesicht, »sie ist so ein guter Mensch. Sie tut alles, um den Armen zu helfen.«

»Und was ist mit Madame Guillerm, der Schatzmeisterin? Sie war am Donnerstag dabei. Während ich in der Küche Tee gemacht habe, hätte sie die Gelegenheit gehabt.«

»Véronique? Auf keinen Fall, das ist eine mutige junge Frau, die ist zu so etwas gar nicht fähig. Nach der Scheidung muss sie ihre Zwillinge alleine großziehen, schwierige Jungs. Um mit ihnen fertig zu werden, braucht man Entschlossenheit. Sie ist die Ruhe in Person. Sie hat eine regelmäßige Arbeit, ist für den Wohltätigkeitsverein tätig. Sie hat keine einzige freie Minute für sich.«

»Was arbeitet sie?«

»Sie ist Altenpflegerin und betreut die alten Leute zu Hause. Nicht all ihre Schützlinge haben einen so ausgeprägten Charakter wie Mère Dubois, neben der hast du übrigens beim Konzert gesessen. Ich bewundere Véronique für ihre fürsorgliche Art. Das ist keine Frau, das ist eine Heilige!«

»Und was ist mit dem Anstreicher und dem Gärtner?«

»Unbescholtene Bürger«, sie wischt meine Mutmaßungen vom Tisch. »Und außerdem waren sie nie allein, während sie bei dir waren. Und ein Motiv haben sie auch nicht.«

»Stimmt.«

Ich beichte ihr, dass ich die beiden sogar ausgenutzt und auf der Grundlage ihrer Kostenvoranschläge die entsprechenden Mengen Farbe und Unkrautvernichter gekauft habe. Dann erzähle ich von meinem Treffen mit Étienne Prigent in der Eisenwarenhandlung. Sie lacht so laut, dass das Echo durch die ganze Kirche hallt. Zum Glück ist niemand mehr da. Ich komme mir richtig lächerlich vor.

»Ehrlich, Jade, seine Firma läuft gut, sein Bruder und er können sich vor Aufträgen nicht retten. Sie kommen hervorragend ohne dich aus.«

»Dann bleibt nur noch dein Praktikant.«

»Cédric? Ein Student der Kunstgeschichte aus Brest, der uns wärmstens von Christine empfohlen wurde.«

»Christine?«

»Ja, Christine Morvan, du hast sie schon getroffen. Sie meinte, du hättest letzten Mittwoch ein Päckchen bei ihr abgeholt.«

Neuigkeiten scheinen sich hier ja wie ein Lauffeuer zu verbreiten! Schon bald werden alle über die Farbe meiner Unterwäsche Bescheid wissen.

»Ein Grund mehr, misstrauisch zu sein«, sage ich gereizt, »diese Morvan ist eine wirklich ...«

»Sprechen Sie ruhig weiter, Mademoiselle Beaumont«, höre ich eine Stimme hinter mir sagen, »eine
wirklich ...?«

Wie aus dem Nichts taucht die Postbeamtin hinter
einer Säule auf. Heute hat sie ihre widerspenstigen
Haare mit einem roten Turban gebändigt. Das hat
mir gerade noch gefehlt! Obwohl ich mich schäme,
gelingt es mir, dem Blick ihrer eiskalten blauen Augen standzuhalten.

»Ich wollte gerade sagen, dass Sie eine wirklich in-
teressante Persönlichkeit sind«, versuche ich mich aus
der peinlichen Lage zu retten. Bestimmt sind meine
Wangen röter als die Backsteine in der Kirche.

»Cédric ist der Sohn einer meiner besten Freundinnen, wissen Sie. Für ihn lege ich meine Hand ins
Feuer.«

Das beruhigt mich kein bisschen. Ganz und gar
nicht!

16

Anne wechselt das Thema, und ich verlasse mit einer Entschuldigung die Kirche. Drinnen war es warm, die kühle Nachtluft trifft mich unvorbereitet. Fröstelnd gehe ich die Rue du Bon-Dieu entlang.

Es ist bereits dunkel. Die wenigen Straßenlaternen helfen da kaum, aber immerhin fällt durch die erleuchteten Fenster etwas Licht auf die Straße. Als die Häuser weniger werden und die Umgebung dunkler wird, kann ich am nachtschwarzen Himmel sogar Sterne leuchten sehen. Meinem alten Astrophysikprofessor würde es hier bestimmt gefallen, er beschwerte sich immer über die Lichtverschmutzung und die meist dichte Wolkendecke über Sheffield.

Mir würde etwas mehr Licht und Leben guttun. So merkwürdig es klingen mag, ich habe Sehnsucht nach Paris. Je länger ich darüber nachdenke, desto mehr komme ich zu der Überzeugung, meine Farbbestellung zu stornieren und Gourcuff anzurufen, um Les Ibis so schnell wie möglich loszuwerden.

Als ich an der Kreuzung der Rue Brise-Lames ankomme, zögere ich. Welchen Weg soll ich nehmen? Nach links würde ich in die totale Dunkelheit eintauchen und wäre kurz darauf zu Hause. Aber: Ein schlafender Dackel ist nicht gerade die ideale Gesellschaft, wenn man sich einsam fühlt. Angelockt von den Lichtern zu meiner Rechten, biege ich auf den Boulevard du Front de Mer ein. Hier hört man das Rauschen der Wellen.

Zu meiner großen Überraschung sind etliche Nachtschwärmer unterwegs, einige Souvenirläden und Boutiquen haben noch geöffnet, am Strand sitzen ein paar Leute um ein Feuer. Wahrscheinlich Jugendliche aus dem Ort, die Bier trinken und kiffen. Das war noch nie mein Ding. Andere sind wagemutiger und schwimmen im silbern glänzenden Meer.

Mir wird leichter ums Herz, und ich gehe auf das La Jetée zu. Vielleicht treffe ich jemanden, den ich durch meine Spaziergänge durch den Ort kenne, kann ein bisschen plaudern und einen Cocktail trinken.

Die Tische draußen sind alle besetzt, und ich gehe rein. Drinnen ist es proppenvoll, trotzdem bleibt mein Kommen nicht unbemerkt. Die Gespräche verstummen, Köpfe drehen sich zu mir um, es wird getuschelt.

Ich sehe einen freien Barhocker am Tresen und gehe zielstrebig darauf zu. Meine beiden Sitznachbarn grüßen freundlich, gleichzeitig taucht ein spindeldürrer Jüngling vor mir auf, um meine Bestellung aufzunehmen.

»Was darf's denn für die Neue sein?«, fragt er laut.

Ich bin verlegen, dass ich so viel Aufmerksamkeit errege, und bestelle einen Mojito. Ganz leise, damit es außer ihm niemand hört. Das hilft aber nicht viel. Ich habe das Gefühl, dass meine Stimme laut und deutlich durch den ganzen Raum hallt.

»Hey, Dédé, mach dem Fräulein lieber einen *Chouchen*!«, ruft mein Nachbar links, ein Bär von einem Mann, der über und über tätowiert ist.

»Ihr werdet sie doch nicht abfüllen wollen!«, protestiert eine Frau hinter mir.

Der Barkeeper gießt eine honigfarbene Flüssigkeit in ein Glas, begleitet von fachkundigen Kommentaren anderer Gäste. Beim ersten Schluck muss ich sofort husten, was für allgemeine Heiterkeit sorgt.

»Das schmeckt, was?«, grölt mein Nachbar rechts und klopft mir auf den Rücken.

»Langsam trinken, Demoiselle«, meint der Tätowierte.

»Die Leute aus der Hauptstadt sind eben nichts Gutes gewöhnt«, kommentiert eine ältere Frau mit zittriger Stimme.

»Da ist was Wahres dran«, meint Dédé.

»Ich kannte mal einen, der sein Sandwich von sich gegeben hat, weil er am Calvados von Père Crotard gerochen hat …«

Allgemeines Gelächter, die Stimmung steigt. Die Gespräche werden wieder aufgenommen, und ich falle nicht weiter auf. Wie schön es doch ist, wenn man dazugehört. Ich fühle mich zunehmend wohler und blicke mich genauer um. Frauen und Männer jeden Alters bevölkern die Bar. Sie wirken zufrieden, Einsamkeit scheint hier ein Fremdwort.

Die schlichte, aber gemütliche Einrichtung tut ihr Übriges. An den weiß gestrichenen Wänden hängen Fischernetze mit grünen Schwimmern. An der hinteren Wand führt ein Rundbogendurchgang in einen weiteren Raum. Dort herrscht Dämmerlicht, die Gäste essen bei Kerzenschein. Liebespaare gibt es in Foisic natürlich auch, so wie das Paar gleich am Eingang. Ich sehe genauer hin.

Ich glaub, ich träume! Kann mich mal jemand kneifen? Dort sitzt Alban in Anzug und Krawatte, er lächelt und wirft der Blondine ihm gegenüber schmachtende Blicke zu. Sieh mal an ... der junge Herr lässt es sich gut gehen, während ich in Lebensgefahr schwebe!

Mein vorübergehendes Stimmungshoch endet abrupt. Ich gleite von meinem Barhocker und gehe auf den Tisch der beiden zu. So ein Verräter! Was er wohl für ein Gesicht machen wird, wenn er mich erkennt?

»Einen wunderschönen guten Abend!«, sage ich und baue mich zwischen ihm und seiner Begleitung auf.

Mein rauschender Auftritt sorgt für reichlich Wind, die Kerzenflamme erlischt. Alban schaut mich an und stellt sein Glas mit bernsteinfarbener Flüssigkeit ab. Champagner! Das wird ja immer besser. Sein Lächeln erstirbt, er öffnet den Mund, sagt aber kein Wort. Die Blondine dagegen ist offensichtlich irritiert und keift entrüstet: »Na, hören Sie mal! Sehen Sie nicht, dass Sie stören? Holen Sie uns lieber den Kellner, dieser Champagner ist ja furchtbar.«

Ich mustere sie finster. Sieh mal einer an, das ist ja Angadrem Le Roy! Strahlender denn je, in einem auffällig violetten Kleid, das perfekt mit ihrem Lippenstift und ihrem Nagellack harmoniert.

»Ja ... Jade?«, stammelt Alban.

»In der Tat, in Fleisch und Blut und quicklebendig! Stell dir vor, ich war heute Abend bei einem Orgelkonzert, ziemlich langweilig übrigens, und dachte mir, dass es doch sicher amüsantere Orte in Foisic geben müsste. Ich bin die Strandpromenade entlangspaziert, und ... hier bin ich!«

»Wen interessiert das?«, giftet die Blondine.

»Angadrem, das ist Jade Beaumont, eine neue Freundin von mir«, stellt mich Alban vor, der sich offensichtlich wieder gefangen hat. »Sie ist gerade nach Foisic gezogen, möchte aber nur eine begrenzte Zeit bleiben, nicht wahr, Jade?«

Mein flammender Blick lässt ihn zusammenzucken. Meine bevorstehende Abreise scheint ihm nicht besonders zu gefallen.

»Du kennst ja merkwürdige Leute«, kommentiert die Blondine und mustert mich abfällig.

Er ignoriert ihre Bemerkung und fährt fort: »Und das ist Angadrem, eine alte Freundin.«

»So alt nun auch wieder nicht.«

»Wir waren zusammen in der Grundschule. Sie möchte sich hier niederlassen und bis an ihr Lebensende bleiben.«

»Jeder nach seinem Geschmack«, brummele ich.

»Setz dich doch«, fügt er hinzu und wirft mir einen auffordernden Blick zu.

Dann steht er auf und holt einen Stuhl.

»Ich warne Sie«, zischt die Blondine drohend, »von Ihnen lasse ich mir auf keinen Fall den Abend verderben. Verschwi...«

Alban kommt zurück, und sie verstummt.

»Hier ist ein Stuhl, Jade, leiste uns doch Gesellschaft, wir haben noch nicht angefangen. Lasst uns anstoßen.«

Er lächelt nicht, sein Blick ist undurchsichtig, seine Stimme kühl. Am liebsten würde ich ihm den Eiskübel über den Kopf stülpen.

»Worauf stoßen wir an?«, frage ich.

Er nimmt ein leeres Glas vom Nachbartisch und schenkt ein.

»Angadrem ist dabei, einen Salon de thé auf dem Boulevard du Front de Mer zu eröffnen.«

»Wir waren gerade dabei, das zu feiern. Allein, zu zweit«, fügt Angadrem mit honigsüßem Lächeln hinzu.

Alban hat wieder Platz genommen, und sie legt ihre Hand auf seine. Er zieht sie nicht zurück. Ich bleibe stehen und starre auf ihre Hände.

»Meinen Glückwunsch!«, presse ich hervor und ziehe den Draht aus der Hosentasche. »Und wo wir gerade dabei sind, stoßen wir doch auch auf das hier an!«

Ich werfe den Draht auf den Tisch, die Blondine

verzieht das Gesicht zu einem dümmlichen Grinsen. Alban runzelt die Stirn und greift danach.

»Was ist das?«, fragt er.

»Och, nichts. Nur ein Draht, der quer über eine Treppenstufe gespannt war. Kaum zu erkennen, um genau zu sein. Zum Glück habe ich ihn rechtzeitig bemerkt, sonst hätte ich stürzen und mir den Hals brechen können.«

»Aber noch sind Sie gesund und munter«, spottet Angadrem. »Am besten, Sie gehen nach Hause und beruhigen sich wieder.«

»Eine sehr gute Idee!«

Ich drehe mich auf dem Absatz um und verschwinde.

»Jade! Warte!«, ruft mir Alban hinterher.

»Lass sie gehen, siehst du nicht, dass das alles nur Theater ist?«

Wie ihr Gespräch weitergeht, kann ich nicht mehr verstehen, dazu bin ich schon zu weit weg.

17

Sonntag, 4. Juli

*Gewitterstimmung, das passt gut zu meiner Gefühls-
lage. Von den gestrigen Ereignissen bin ich noch immer aufgewühlt. Der Draht und dieser verdammte
Honigwein haben mir den Rest gegeben. Und dann
noch Alban und diese blöde Pute beim Abendessen bei
Kerzenschein ... Kurz gesagt, ich bin restlos bedient.*

Ich bin frustriert, wütend und total erschöpft eingeschlafen. Und werde von einem Höllenlärm geweckt.
Scharfes Pfeifen, Knacken, Knirschen, und das immer
abwechselnd. Das Haus ächzt wie ein Schiff im Orkan.

Rimbaud drängt sich ängstlich an mich. Ich richte
mich auf und nehme ihn auf den Schoß. Er zittert.
Und mir geht es nicht besser. In meinem Zimmer ist
es stockfinster. Draußen tobt ein Gewitter. Zum Glück
habe ich gestern Abend die Läden zugemacht, und
der Regen prasselt nicht direkt gegen meine Fenster.
Wahrscheinlich versinkt das, was von meinem Garten
übrig ist, gerade im Schlamm. Die Uhr auf meinem
Smartphone zeigt 4:25 an. Vernünftigerweise sollte

ich mir Stöpsel in die Ohren stecken und weiterschlafen. Aber ich bin starr vor Schreck und klammere mich an meinen wimmernden Hund.

»Hab keine Angst, Rimbaud«, flüstere ich und streichele ihn, »es ist nur ein Gewitter.«

All meine Sinne sind in Alarmbereitschaft, jedes Geräusch ist überdeutlich zu hören.

»Das Heulen ist nur der Wind, du musst dir keine Sorgen machen, Rimbaud, das ist keine Katze. Und das Prasseln ist der Regen, und zum Glück sind wir im Trockenen. Das Dach ist in gutem Zustand, und da das Gebälk aus Holz ist, ist das Knarren ganz normal.«

Plötzlich zuckt grelles Licht durch die Spalten der Fensterläden und beleuchtet das Zimmer taghell.

Unmittelbar danach folgt ein ohrenbetäubender Donnerschlag, das Gewitter muss ganz in der Nähe sein. Sogar mein Bett vibriert. Rimbaud wimmert noch kläglicher und kriecht tiefer unter die Decke. Es dauert lange, bis er sich beruhigt hat. Ich drücke ihn an mich und warte.

Immer wieder zucken Blitze durch die Dunkelheit des Zimmers. Aber das Grollen des Donners entfernt sich mehr und mehr. Das Gewitter ist vorbei. Bald höre ich nur noch das Prasseln des Regens, das jetzt wie ein regelmäßiges Plätschern klingt. Beruhigt lege ich mich wieder hin. Rimbaud zittert noch immer, deshalb darf er bei mir im Bett bleiben.

Ich will gerade die Augen schließen, als ich erneut Geräusche höre. Was kann das sein? Es klingt wie das

Klappern von Absätzen auf dem Dachboden, mal lauter, mal leiser, als ob jemand kreuz und quer über die Dielen läuft.

Ich schreie: »Wer auch immer Sie sind, verschwinden Sie, oder ich hole die Polizei!«

Rimbaud unterstützt mich durch lautes Bellen. Eine Weile hören die Geräusche auf, dann setzen sie wieder ein, meine Drohung scheint keine große Wirkung erzielt zu haben.

»Sie haben es so gewollt! Ich rufe jetzt die Polizei!«

Ich greife nach meinem Handy auf dem Nachttisch und wähle den Notruf.

Eine mechanische Stimme antwortet: »Sie sprechen mit Brigadier Jégou, dem Leiter der Polizeidienststelle Foisic. Ich bin im Augenblick im Urlaub und werde am Montag, den 26. Juli, wieder im Dienst sein. In dringenden Fällen, wie Einbruchdiebstahl oder Mord, rufen Sie bitte die Kollegen in Quimper an, die Nummer finden Sie im Telefonbuch. Bis zu meiner Rückkehr können Sie Ihr Anliegen auch im Formular MC113 schriftlich darlegen, das im Rathaus erhältlich ist. Bis bald.«

Im Urlaub? Das darf doch nicht wahr sein. Bis die Polizei aus Quimper hier ist, bin ich längst tot. Was soll ich nur machen? Hilft das Formular MC113, mir den Mörder vom Hals zu halten, der sich in meinem Haus herumtreibt? Ich bin sicher, es ist derselbe, der auch den Draht gespannt hat, die Bezeichnung »Mörder« ist also nicht übertrieben. Wahrscheinlich stellt er gerade eine neue Falle auf, oder noch schlimmer, er ist entschlossen, mich gleich aus dem Weg zu räumen …

In Panik scrolle ich durch meine Kontakte. Wen kann ich um Hilfe bitten? Jemanden aus meiner Familie sicher nicht, sie wohnen alle viel zu weit weg. Hier in Foisic habe ich nur Albans Nummer. Soll ich ihn anrufen? Wahrscheinlich liegt er in den Armen von Angadrem Le Roy.

Ich schicke ihm eine SMS, dass sich ein Killer bei mir herumtreibt. Ob er sie rechtzeitig lesen wird? Wird er mich überhaupt ernst nehmen? Erst mal bin ich ganz auf mich allein gestellt. Ich springe aus dem Bett, Rimbaud fängt sofort an zu bellen.

»Hab keine Angst, ich werde nicht zulassen, dass uns dieser Typ etwas antut.«

Ich schalte das Licht an, sprinte zur Tür und schließe ab.

»Schon besser!«

Dann stelle ich einen Stuhl unter die Klinke. Noch immer sind die Schritte zu hören, und ich suche nach einer Waffe zu meiner Verteidigung. Aber ich finde nichts. Da fallen mir die beiden Knochen ein, die mein Hund unter dem Schrank versteckt hat. Zwei hervorragende Wurfgeschosse.

Ich schalte die Taschenlampe meines Smartphones an und beuge mich nach unten, um danach zu suchen. Rimbaud hat solche Angst, dass er keinen Mucks macht. Normalerweise hätte er sich jetzt protestierend auf mich gestürzt, wild gebellt und nach meinen Klamotten geschnappt. Aber in seiner gegenwärtigen Verfassung ist er zu keiner Reaktion fähig. Und das ist auch gut so, denn die Situation spitzt sich zu. Neben dem Plätschern des Regens kann ich jetzt Schritte auf dem Holzfußboden hören. Der Kerl ist im Flur, direkt neben meinem Zimmer. Ich muss handeln, und zwar schnell.

»Verschwinde!«, schreie ich. »Ich habe eine Waffe und werde nicht zögern, sie auch einzusetzen. Außerdem ist die Polizei gleich da.«

Auch auf die Gefahr hin, dass ich mir die Schulter auskugele, lege ich mich auf den Boden, strecke den Arm aus und greife nach dem Knochen unter dem Schrank. Doch er bewegt sich keinen Millimeter. Während ich fieberhaft nach einer Lösung suche, entdecke ich den kaum sichtbaren Streifen einer Tür, die in die Mauer eingelassen ist. Im nächsten Augenblick klingelt es an der Eingangstür. Mit verkrampften Muskeln richte ich mich auf. Die Schritte im Flur werden langsamer. Es klingelt erneut. Vehement.

Mein Smartphone zeigt mir mehrere eingegangene Nachrichten. Alle stammen von Alban. In der letzten schreibt er, dass er vor meinem Haus steht. Ich rufe ihn sofort an.

»Jade?«

»Ich bin so froh, dass du da bist!«

»Geht es dir gut? Mach bitte auf.«

»Ich kann nicht, der Killer ist immer noch im Haus.

Ich habe ihn im Flur gehört, als du geklingelt hast. Ich habe schreckliche Angst.«

»Wo bist du?«

Seine Stimme klingt ruhig, was ich von meiner nicht behaupten kann.

»Ich habe mich in meinem Zimmer eingeschlossen.«

»Rühr dich nicht von der Stelle. Mach dein Fenster auf, ich komme.«

Ich gehe zum Fenster, öffne es und klappe die Läden auf. Der Regen ist schwächer geworden, aber ein paar Spritzer landen trotzdem auf dem Fußboden. Kurze Zeit später steht Alban bei mir im Zimmer. Er hat aus dem Schuppen hinten im Garten eine Leiter geholt und ist zu mir nach oben gestiegen. Ob es an der Aufregung liegt, dass ich auf ihn zulaufe und ihm um den Hals falle? Er ist pitschnass und kalt, Regentropfen rinnen über seinen Mantel. Egal, ich bin so froh, dass er da ist. Rimbaud geht es genauso, er leckt mir die Zehen und die Gummistiefel unseres Retters.

»Ich hätte nicht gedacht, dass dich meine Nachricht erreicht«, sage ich erleichtert, »und noch weniger, dass du tatsächlich kommen würdest.«

»Ich war beunruhigt.«

»Hast du nicht bei deiner alten Freundin geschlafen?«

Er zuckt zusammen wie unter einem Elektroschock. Er lässt mich los und weicht zurück. Aus Angst vor seiner Antwort verfalle ich in hektische Betriebsamkeit, schließe das Fenster, hole ihm ein Handtuch und ziehe mir eine Strickjacke über.

»Ich bin nicht mit Angadrem zusammen«, antwortet er reserviert, »sie ist eine Freundin. Und eine sehr nette Frau.«

Nett? Diesen Eindruck teile ich ganz und gar nicht, aber für Diskussionen ist jetzt keine Zeit. Außerdem schwingt in diesem Satz eine unausgesprochene Warnung mit: Sag bloß nichts Schlechtes über sie! Ich gehe nicht weiter darauf ein und frage: »Was machen wir mit dem Einbrecher? Er ist noch im Haus und ...«

»Ich glaube, er ist weg.«

»Woher willst du das wissen? Wie soll er unbemerkt fliehen können? Die Eingangstür ist verschlossen, den Schlüssel trage ich immer bei mir«, erwidere ich und deute auf meine Handtasche auf der Kommode. »Und wie konnte er überhaupt ins Haus kommen? Alle Läden waren zu.«

»Vielleicht durch einen der unterirdischen Gänge, von denen ich dir erzählt habe.«

»Aber das Haus hat keinen Keller. Das müsste schon ein Geheimtunnel sein.«

»Auf alle Fälle weiß der Einbrecher Bescheid.«

Er trocknet sich ab, dann zieht er den Stuhl unter der Klinke weg und öffnet die Tür. Ich bewundere seine Selbstsicherheit, während ich vor Angst bebe. Alban schaltet die Taschenlampe seines Handys ein und geht zielstrebig über den Flur Richtung Treppe. Rimbaud und ich schleichen hinter ihm her. Jedes

Mal, wenn wir an einem Lichtschalter vorbeikommen, knipse ich ihn an, damit es im Haus hell wird. Wir untersuchen alle möglichen Zugänge, vom Erdgeschoss bis auf den Dachboden. Es wurde nichts gestohlen, kein einziges von Tante Aglaés Exponaten ist verschwunden.

»Dein ungebetener Gast hat das Weite gesucht«, bemerkt Alban, als wir schließlich in der Küche landen. »Er ist schlau und hat keine Spuren hinterlassen.«

»Ich schwöre, da war jemand auf dem Dachboden.«

»Ich glaube dir. Machst du uns einen Kaffee?«

Gedankenverloren setze ich Wasser auf.

»Ich würde zu gerne wissen, auf welchem Weg er das Haus betreten und wie er es wieder verlassen hat«, sinniere ich und stelle die Tassen auf den Tisch.

»Darüber denken wir später nach.«

»Und wenn er wiederkommt?«

»Auf keinen Fall. Er weiß jetzt, dass ich hier bin«, erwidert Alban selbstsicher. »Übrigens werde ich bei dir einziehen.«

»Soll das ein Scherz sein?«

»Auf keinen Fall, das meine ich ernst. Du kannst nicht allein bleiben, du brauchst einen Mann, der dich beschützt.«

»Ich bin keine, die mit den Wimpern klimpert, um deine Aufmerksamkeit zu erregen, so wie die Mütter deiner Schülerinnen und Schüler«, halte ich ihm entgegen. Die Feministin in mir ist jetzt stärker als meine Angst. »Ich komme gut alleine klar.«

»Auch mit einem Draht, der über eine Treppenstufe gespannt ist? Oder mit jemandem, der gewaltsam in dein Haus eindringt? Hast du mal daran gedacht, was hätte passieren können, wenn ich nicht so schnell gekommen wäre?«

Verflixt noch mal. Er hat recht.

18

Zugegebenermaßen bin ich froh, dass Alban sich durchgesetzt hat. Vor allem nach den Vorkommnissen der vergangenen vierundzwanzig Stunden. Trotzdem habe ich mich mit Händen und Füßen gewehrt und versucht, ihm klarzumachen, dass er nicht gleich bei mir einziehen muss. Aber ich hatte keine Chance. Was für ein Dickschädel! Während er seine Sachen holt, leistet Sylvie Landrec mir Gesellschaft.

Ich bin todmüde, habe aber zu große Angst, mich wieder hinzulegen, und bleibe lieber bei Albans Tante in der Küche. Ich muss kurz eingenickt sein, denn als es eine Stunde später klingelt, schrecke ich hoch.

Sylvie macht auf, und ich komme langsam zu mir. Es ist bereits sieben. Auf dem Tisch steht ein verlockend aussehendes Frühstück, was mich in meiner Vermutung bestätigt, dass die Eisenwarenhändlerin ein wahres Goldstück ist.

Aus dem Flur ist eine Mischung aus Bellen, Freudenrufen und Geplauder zu hören. Dann betreten mein Hund, Corentin, sein Onkel und seine Großmutter die Küche. Alban hat in jeder Hand eine große Tasche und ist klatschnass.

»Was hast du denn alles dabei?«, frage ich erstaunt.

»Feldbett, Schlafsack, Kulturbeutel ... was man eben so braucht«, antwortet er und sieht mich schelmisch an.

Er zieht den Regenmantel aus, setzt sich mir gegenüber und macht sich über ein Käseomelett her, das ihm seine Tante serviert. Ich stürze mich auf die Crêpes mit Erdbeermarmelade, bis mir plötzlich die zierliche Figur von Angadrem Le Roy in den Sinn kommt. Was soll's, das ist nicht der richtige Moment, um über eine Diät nachzudenken. Immerhin trinke ich meinen Kaffee ohne Zucker.

»Hast du Hunger, Corentin?«, fragt seine Großmutter.

Der Junge steht auf der Türschwelle und zögert. Sein Blick wandert vom gedeckten Tisch zu meinem Hund.

»Was meinst du, Rimbaud? Essen wir was, oder machen wir uns gleich an die Arbeit?«

»Wuff!«

Was das Bellen zu bedeuten hat, weiß ich nicht, Corentin dagegen schon, denn er setzt sich zu uns an den Tisch und verputzt eine Schokocrêpe. Sylvie ist inzwischen verschwunden.

»Typisch bretonisches Wetter!«, sagt Alban, nachdem er fertig gefrühstückt hat. »Das wird den ganzen Tag so bleiben. Was wollen wir machen, Corentin? Drehen wir mit Rimbaud eine Runde am Strand?«

Ich blicke aus dem Fenster. Bei diesem Regen würde ich bestimmt nicht rausgehen. Graue Wolken verdunkeln den Himmel, es schüttet wie aus Kübeln. Gartenarbeit dürfte heute nicht angesagt sein.

»Nein«, antwortet Corentin, der bereits aufgestanden ist, »Rimbaud und ich müssen ein Rätsel lösen.«

»Ein Rätsel?«

»Ja, Jade weiß Bescheid. Sie wird dir alles erklären.«

Und schon liegt der Ball in meinem Feld. Jetzt hilft nur noch die Flucht nach vorn! Alban zieht die Augenbrauen hoch und sieht mich fragend an. Seine Fürsorge in der vergangenen Nacht zwingt mich, ihm alles zu erzählen. Von der Benachrichtigungskarte in meinem Briefkasten, dem Paket im Postamt, dem Bronzekästchen mit den altägyptischen Motiven. Während ich erzähle, taucht Corentin wieder auf, um ihm das Kästchen zu zeigen, das er mitgenommen hatte.

»Ich habe herausgefunden, dass die Hieroglyphen ›Hunefer‹ bedeuten«, erklärt er stolz. »Im Internet steht, dass das ein Beamter war, der unter Pharao Sethos I. gelebt hat, etwa 1250 v. Chr. In seinem Grab wurde ein fünf Meter fünfzig langer Papyrus gefunden, ein Exemplar des *Ägyptischen Totenbuches*. Es wird im British Museum in London aufbewahrt. Aber ich bin sicher, dass es in Jades Bibliothek eine Kopie davon gibt, mit deren Hilfe wir das Rätsel lösen können.«

»Deine Großtante war wirklich ein besonderer Mensch«, murmelt Alban, nachdem Corentin und Rimbaud wieder verschwunden sind. »Die Goldmünze, die Sammlung auf dem Dachboden, die

verschlossenen Türen, dieses Kästchen mit dem Ge-
heimverschluss ...«

»Ich frage mich, was darin versteckt ist.«

»Macarons oder Würstchen? Nein, noch besser: die
Adresse eines wirklich guten Friseurs.« Er sieht mich
prüfend an.

»Sehr witzig.«

Ich fahre mit den Fingern durch meine zerwühlten
Haare. Sein charmantes Lächeln hätte das Herz jeder
anderen Frau zum Schmelzen gebracht. Aber nicht
mit mir! Ich verziehe das Gesicht, und er prustet los.

»Übrigens, ich habe Corentin nichts von dem
Draht und deinem nächtlichen Besucher erzählt«, er
wird wieder ernst. »Er ist ein sehr sensibler Junge, ich
möchte ihn nicht beunruhigen. Ich habe ihm gesagt,
dass ich hier im Haus schlafe, weil du Angst vor Mäu-
sen hast. Es wäre besser, wenn ...«

»Keine Sorge, ich tue so, als würde ich an einer un-
heilbaren Mäusephobie leiden. Über den Einbrecher
werde ich natürlich nicht sprechen.«

»Danke. Kümmern wir uns darum, auf welchem
Weg dein ungebetener Besucher ins Haus gekommen
ist? Vielleicht durch eine der verschlossenen Türen? Es
sind drei, wenn ich mich nicht irre.«

»Unwahrscheinlich. Sie führen alle in die Bibliothek. Zwei zur oberen Galerie, eine ins Erdgeschoss.«

»Dann müssen wir nach einem geheimen Tunnel
und nach einem versteckten Zugang ins Haus suchen.
Irgendwo in der Wand oder im Boden.«

Eine Stunde lang klopfen wir die Außenwände und den Boden ab und suchen nach Hohlräumen. Vergeblich. Überall dort, wo die Oberfläche rissig ist, sind wir besonders aufmerksam, aber es gibt keine Auffälligkeiten.

»Den Zugang finden wir nie«, ich bin frustriert, »das ist wie die Suche nach einer Nadel im Heuhaufen!«

Erschöpft und frustriert lasse ich mich in einen Sessel in der Bibliothek fallen. Alban geht es nicht besser, er setzt sich neben mich und starrt schweigend auf die Feuerstelle.

»Der Kamin!«, ruft er plötzlich. »Den hast du noch nicht angemacht, oder?«

»Nein. Aber du denkst doch nicht, dass …« Ich führe den Satz nicht zu Ende, warum auch. Er hört mich ohnehin nicht mehr, geht darauf zu und tastet die Innenwände ab. Währenddessen stürmt Corentin auf mich zu.

»Ich hab's!«

»Wirklich?«

Ich werfe einen Blick auf ein Büchlein, das er mir hinhält, es ist eine Kopie des Papyrus von Hunefer.

»Es stand in der Abteilung ›Antike Literatur‹«, fährt er aufgeregt fort. »Das Problem ist nur, dass ich keine Worte mit vier Buchstaben gefunden habe, mit denen wir den Code für das Kästchen knacken könnten.«

»Wuff, wuff!«

Rimbauds Bellen lässt mich zusammenzucken.

»Aua!«, stöhnt Alban, der sich beim Aufrichten den Kopf angehauen hat. »Was ist los?«

»Ich glaube, Rimbaud hat Hunger«, meldet Corentin, »meint ihr nicht, dass man ihm zwischendurch auch mal was geben könnte?«

Er zieht einen Hundekeks in Knochenform aus der Tasche. Rimbaud macht Männchen, die Pupillen ploppen fast aus den Augenhöhlen, die Zunge hängt ihm aus dem Mund. Er sieht aus, als könnte er kein Wässerchen trüben. Als könnte man ihm auch einen Rinderbraten anvertrauen, ohne dass er zuschnappt.

»Ich habe ihm ein Leckerli mitgebracht.«

»Nein, Corentin. Wenn Jade Nein gesagt hat, heißt das Nein«, Alban, der sich den Kopf reibt und dessen Gesicht völlig verrußt ist, spricht ein Machtwort.

Rimbaud und ich lassen den Keks nicht aus den Augen, und plötzlich habe ich eine Vision. Oder besser gesagt, ich erinnere mich an letzte Nacht, als ich am Boden lag und den Knochen unter dem Schrank hervorholen wollte. An den Lichtstreifen am unteren Rand einer Tür.

»Ich weiß, wo der verdammte Geheimgang ist«, rufe ich und springe auf.

Dann eile ich die Treppe hoch in mein Zimmer. Der Schrank ist zu schwer, ich kann ihn keinen Zentimeter bewegen. Erst als Alban und Corentin kommen und mir helfen, gelingt es mit vereinten Kräften, ihn zur Seite zu schieben. Rimbaud bellt empört, als wir die

Knochen freilegen, und schleppt sie unter mein Bett. Die Tür kommt zum Vorschein. Corentin rüttelt an der Klinke.

»Lass mal den Profi ran!«, sage ich und hole mein Kosmetiktäschchen aus meiner Handtasche. Dann nehme ich den Schlüssel mit dem eingravierten Hund heraus, für den ich noch nicht das passende Schloss gefunden hatte. Aber auch mit ihm lässt sich die Tür nicht öffnen.

»Der Profi scheint etwas eingerostet«, witzelt Alban und wendet sich dann an seinen Neffen. »Du solltest lieber noch mal in die Bibliothek gehen und weiter recherchieren, Corentin.«

»Warum? Ich kriege die Tür ganz sicher auf, wenn ihr es mich versuchen lasst.«

»Ich finde es besser, wenn du die Spur mit dem Codewort des Kästchens weiterverfolgst, meinst du nicht? Und nimm Rimbaud mit.«

»Er kommt nicht unter dem Bett hervor.«

»Du könntest es mit einem Leckerli versuchen«, schlage ich vor.

Der Junge runzelt die Stirn und sieht uns misstrauisch an.

»Wollt ihr mich loswerden, damit ihr allein sein könnt, wie Verliebte?«, fragt er.

»Ganz genau!«, antwortet Alban und legt einen Arm um mich.

Ich werde feuerrot und verschlucke mich an meiner eigenen Spucke, als er mich an sich zieht.

»Manchmal müssen Erwachsene unter sich sein, verstehst du?«, fügt er hinzu. »Habe ich recht, Jade?«

Ich brummele vor mich hin. Mit einem tiefen Seufzer lockt Corentin den Dackel aus seinem Versteck, und die beiden verschwinden.

»Ähm, du kannst mich jetzt loslassen«, sage ich und blicke zu Boden. Ich habe das Gefühl, zur Salzsäule zu erstarren.

»Schade, es war nicht unangenehm!«

Er nimmt den Arm herunter und geht wieder auf Distanz. Ich betrachte das Schloss genauer.

»Es sieht ungewöhnlich aus. Was machen wir jetzt? Rufen wir den Schlüsseldienst? Brechen wir die Tür auf?«

»Das brauchen wir nicht«, antwortet Alban, der sich auf mein Bett gesetzt hat. »Heute Nacht bist du sicher, durch diese Tür kann keiner reinkommen, wenn der Schrank davorsteht. Wir müssen einfach ein wenig nachdenken.«

»Das mache ich doch schon die ganze Zeit«, protestiere ich.

Lügnerin!, sagt meine innere Stimme. Von seiner Umarmung bin ich immer noch ganz durcheinander, klar denken kann ich nicht.

19

Montag, 5. Juli

Freundliches Wetter, die Situation entspannt sich wieder, jedenfalls fast!

Trotzdem ist die Gefahr noch nicht gebannt, aber ich habe ja Alban, meinen Bodyguard. Ob ich mich darüber freuen soll? Kann ich ihm wirklich trauen?

Heute Nacht ist nichts passiert, absolut nichts. Kein Gewitter, kein ungebetener Gast. Alban wollte nicht im Nachbarzimmer schlafen und hat sein Feldbett in der Küche aufgeschlagen. Rimbaud ist in sein Körbchen zurückgekehrt, die heiß geliebten Knochen hat er unter meinem Bett liegen lassen.

Ich wache mit einer tiefen Unzufriedenheit auf, die mir keine Ruhe lässt, aber ich weiß nicht recht, warum. Weil wir die Tür nicht öffnen konnten? Wir haben den Schrank nicht wieder davorgerückt, und ich habe mir die Tür vor dem Einschlafen noch mal ganz genau angesehen. Sie ist aus massivem dunklem Holz, mit schweren Nägeln und Eisenriegeln, und strahlt etwas Bedrohliches aus. Was verbirgt sich dahinter? Ein Kuriositätenkabinett? Ein Folterkeller?

Ich bin auch frustriert, weil wir Aglaés Kästchen nicht aufbekommen. Nachdem Corentin wieder weg war, haben Alban und ich zu Abend gegessen. Dabei haben wir uns über das Leben in Foisic unterhalten, und ich habe erfahren, dass es im kommenden Monat ein Fest-Noz geben wird, eine dieser für die Bretagne typischen Tanzveranstaltungen.

Das Fest-Noz entstammt der bäuerlichen Tradition, nach abgeschlossener Feldarbeit, vor allem nach der Kartoffelernte, gemeinsam zu feiern. Dabei wird viel getanzt. In den 1930er-Jahren geriet das Fest in Vergessenheit, um dann zwanzig Jahre später wieder zu neuem Leben erweckt zu werden, einhergehend mit dem reaktivierten Interesse der Bretonen an ihrer traditionellen keltischen Kultur. Lokale Musikgruppen treten auf, es ist ein großes Ereignis. Meist geht man als Paar dorthin. Angadrem ist sicher auch dabei. Ob Alban sie begleiten wird?

Nach dem Abendessen haben wir uns wieder dem Kästchen gewidmet, um das Geheimnis endlich zu lüften. Hunefers Papyrus hat uns nicht weitergeholfen. Wir haben mehrere Buchstabenkombinationen ausprobiert, aber keine hat funktioniert. Sehr ärgerlich, wie so vieles hier.

Ich bin schon zehn Tage in Foisic, eine neue Woche bricht an, und ich weiß noch immer nicht, woran ich bin. Soll ich die Villa so schnell wie möglich verkaufen? Unmöglich! Zwei Gründe halten mich hier. Ein ungelöstes Rätsel und der Wirrwarr meiner Gefühle.

Die SMS meiner Mutter, die mich daran erinnert, dass mein Praktikum im Louvre in zehn Tagen beginnt, ignoriere ich. Ich stehe auf und öffne die Fensterläden. Es regnet nicht mehr, mattgoldenes Licht durchbricht den milchigen Himmel. Ob wir heute Nachmittag endlich wieder die Sonne sehen werden? Ich brauche dringend frische Luft, ein Spaziergang am Meer wäre genau das Richtige.

Ich mache mich fertig, ziehe eine löchrige Jeans und einen blasslila Baumwollpulli über. Nichts, was den Mann, der bei mir wohnt, beeindrucken könnte. Warum auch. Mein Hund beobachtet mich argwöhnisch.

»Keine Sorge, ich rühre deine Knochen nicht an«, versuche ich ihn zu beruhigen.

Rimbaud seufzt erleichtert, dann kommt er aus seinem Körbchen, um mir die Zehen zu lecken.

Ich knie mich auf den Boden und streichele ihn. Sehnsucht überfällt mich, und ich denke an das Kopfkissen, das ich gestern umarmt habe, nachdem Alban mein Zimmer verließ.

Warum er noch mal bei mir war? Ehrlich gesagt, er stand nur auf der Türschwelle, wünschte mir Gute Nacht, warf mir ein aufreizendes Lächeln zu und verschwand. Was soll ich aus seinem Verhalten schließen? Ob er vielleicht nicht auf Frauen steht? Verdammt, daran habe ich noch gar nicht gedacht. De-pri-mie-rend!

Gefolgt von meinem Dackel, gehe ich in die Küche. Aus dem Schlafsack lugt sein Kopf hervor. Alban schläft noch. Der Verführer von gestern Abend hat sich in einen Grizzlybären verwandelt. Ich versuche, ihn zu wecken, hin und wieder grunzt er, schläft aber weiter. Ich gebe auf.

Nach dem Frühstück und einem Napf Trockenfutter für meinen Hund sage ich laut: »Rimbaud und ich machen einen Spaziergang!«

Er gibt ein undefinierbares Grunzen von sich. Na, toll! Wir gehen raus, die kühle Morgenluft umfängt uns. Ich begegne einigen Leuten, die ich letzten Samstag im La Jetée getroffen habe. Sie erkundigen sich nach meinem Befinden, ich sei ja so schnell wieder verschwunden. Sie waren in Sorge, dass mir der Honigwein auf den Magen geschlagen sei.

Am Strand treffe ich Madame Guillerm, die Schatzmeisterin. Ich soll sie Véronique nennen. An ihr hängen zwei etwa sechsjährige Blondschöpfe, die sich ähneln wie ein Ei dem anderen. Wir gehen ein Stück gemeinsam, aber ein Gespräch ist kaum möglich.

Wie Anne Drésin bereits angedeutet hat, sind die Zwillinge echte Nervensägen. Sie lassen uns keine Sekunde in Ruhe. Ihre Mutter muss höllisch aufpassen, dass sie mit ihren Wasserpistolen nicht auf die anderen Spaziergänger schießen. Ich dagegen achte darauf, dass sie Rimbaud, den sie »Wurst auf Beinen« getauft haben, nicht zu sehr ärgern. Jetzt bin ich hundertprozentig überzeugt, dass Véronique viel zu beschäftigt ist, um irgendwelche Drähte zu spannen oder nachts auf meinem Dachboden herumzuschnüffeln.

Ich kehre nach Les Ibis zurück. Aus der Küche dringt ein verlockender Duft. »Leckerisch«, wie ich gerne sage. Alban hat sich selbst übertroffen und mit den Resten aus dem Kühlschrank einen Kartoffel-Hackfleisch-Auflauf und Karamell-Crêpes mit gesalzener Butter gezaubert. Ein Gedicht.

Nach dem Kaffee verkündet er, dass er in den Garten gehen und weiterarbeiten würde. Ich räume gerade den Tisch ab, als es an der Tür klingelt. Das muss Corentin sein, der sich den ganzen Morgen nicht hat blicken lassen. Das sieht ihm gar nicht ähnlich.

Ich öffne die Tür. Entgegen meiner Erwartung ist es Angadrem Le Roy, die vor mir steht. Perfekt geschminkt und zurechtgemacht wie eine Königin, rollt sie mit den Augen und stöhnt.

»Das hat vielleicht gedauert! Ich habe schon gedacht, Sie machen nie auf«, flötet sie mir entgegen. »Ach, wie süß! Ich liebe Dackel.«

Rimbaud war auch schon bei unserer ersten Begegnung in der Eisenwarenhandlung dabei, allerdings hat sie ihn da gar nicht bemerkt. Sie streckt ihm ihre rosafarbenen Pumps entgegen, dieser Verräter wedelt mit dem Schwanz und leckt ihr zu allem Überfluss auch noch über den Schuh. Der wird was zu hören kriegen!

»Hallo, Angadrem«, grüße ich knapp und stelle mich in die Tür. »Worum geht es?«

»Guten Tag, Juliette …«

»Jade!«

»Wie bitte?«, fragt sie, als hätte sie mich nicht verstanden. So eine arrogante Kuh!

»Ich heiße Jade, nicht Juliette. Klar?«

»Das sollte nicht schwer zu merken sein ... ein Wort mit vier Buchstaben ... Ich werde es mit Rotstift in mein Notizbuch eintragen. Ist Alban bei Ihnen? Er hat versprochen, mir bei der Einrichtung meines Salon de thé zu helfen.«

»Leider nein.«

Zum Glück hat Alban das Auto nicht vor dem Haus geparkt, die Blondine ahnt also nicht, dass ich lüge. Ich bete nur, dass er im Garten bleibt und den Spaten schwingt.

»Nun ja, es heißt, er sei hier. Ich frage mich ernsthaft, was er an Ihnen findet.«

Bei diesen Worten mustert sie mich von Kopf bis Fuß. Meine Jeans und mein Pulli können mit ihrer Garderobe natürlich nicht mithalten. Ein geschlitzter weißer Rock, darüber ein fuchsiafarbener Wickelpulli mit großzügigem Ausschnitt. Aber ganz ehrlich? Das ist mir völlig wurscht. Am liebsten würde ich mir meinen Einhorn-Onesie überziehen, um ihr zu zeigen, dass für mich nur die inneren Werte zählen.

»Alban kann tun und lassen, was er will«, entgegne ich, »und jetzt entschuldigen Sie mich, ich habe zu tun.«

Ich will ihr gerade die Tür vor der Nase zuschlagen, als Corentin durch das Gartentor kommt. Mit lautem Bellen rast mein Hund auf ihn zu.

»Es tut mir leid, dass ich nicht früher gekommen bin, Rimbaud«, er nimmt ihn auf den Arm, »Großmutter wollte, dass ich mein Zimmer aufräume. Hallo, Jade. Hallo, Mademoiselle Le Roy.«

Die Blondine wendet sich verächtlich ab, weicht aber keinen Schritt zur Seite. Hoffentlich fragt Corentin nicht nach seinem Onkel, und hoffentlich taucht dieser nicht auf!

»Hallo, Corentin. Du hast nicht zufällig Lust, mit Rimbaud spazieren zu gehen?«

Der Junge richtet sich auf, sein Blick wandert zwischen mir und Angadrem hin und her. Ich sehe förmlich, wie er nachdenkt. Sag jetzt bitte nichts!

»Gerne«, antwortet er schließlich.

Er holt sich die Leine, die im Flur an einem Haken hängt, und legt sie dem Hund an.

»Was ist, Rimbaud? Gehen wir zu meinem Onkel?«

»Du weißt, wo Alban ist?« Angadrem wird hellhörig.

»Ja, kommen Sie doch mit. Ich bringe Sie gerne zu ihm.«

Guter Junge, du bist meine Rettung! Er geht, mein Dackel folgt ihm. Und Angadrem auch. Der Höhe ihrer Absätze nach zu urteilen, dürfte er keine Probleme haben, sie abzuhängen.

20

Ich atme tief durch, endlich ist sie weg. Ich nutze die Gunst der Stunde und gehe in die Bibliothek. Und wenn ich mir doch noch mal den Papyrus von Hunefer anschaue? Mit etwas mehr Ruhe finde ich vielleicht den Schlüssel zum Sesam-öffne-dich.

Ich habe gerade in einem Sessel Platz genommen, als es schon wieder an der Tür klingelt. Da niemand außer mir im Raum ist, erlaube ich mir, lauthals zu fluchen, bevor ich in den Flur gehe. Ich reiße die Tür auf.

»Ja, was gibt's denn noch?«

Als ich Anne Drésin erkenne, zucke ich zurück. Sie trägt ein dunkelblaues Kostüm, ihre Haare sind zu einem Pferdeschwanz gebunden. Sie wirkt irritiert.

»Entschuldige, ich dachte, es ist schon wieder diese schreckliche Angadrem Le Roy. Sie mag mich nicht ... und ich sie auch nicht ...«, versuche ich mein Auftreten zu erklären. »Ich habe ja nichts gegen sie persönlich, aber ...«

»Sie ist unerträglich, das wissen alle«, erwidert Anne. »Aber ihre Familie hat viel Geld gespendet, um nach dem Orkan von 1987 die Häuser am Strand wieder aufbauen zu lassen, und ihr Vater macht sich für die Renovierung des Leuchtturms stark. Außerdem eröffnet sie diesen Monat hier in Foisic einen Salon de thé. Im Moment müssen wir uns mit ihr abfinden. Auf sie bauen kann ich allerdings nicht, denn bei der nächsten Bürgermeisterwahl wird sie garantiert nicht für mich stimmen.«

»Was hältst du von einem Kaffee?«

»Keine Zeit, heute Mittag kommt ein Prüfer von der Sozialversicherung. Er wird mir die Ohren lang ziehen. Wie es aussieht, haben einige Leute hier keine Beiträge abgeführt, in der Annahme, dass dieses Nest ohnehin niemand kennt. Er will die Kleinanzeigen in der Zeitung durchgehen, um Straßenhändler aufzuspüren.«

»Und dazu muss er extra herkommen?«, wundere ich mich.

»Leider ja! *Ar Gazetenn* kann man nur in Foisic kaufen. Christine Morvan ist die Chefredakteurin, eine digitale Ausgabe hat sie immer abgelehnt. Der Prüfer wird sich wundern, die meisten Artikel sind auf Bretonisch geschrieben. Ich wünsche ihm viel Spaß. Aber lassen wir das, ich bin hier, um dir das MC113-Formular zu bringen.«

»MC113?«

Ich reiße überrascht die Augen auf und denke fieberhaft nach. Wo habe ich dieses Kürzel nur schon mal gehört?

»Das ist die Schadensmeldung für die Polizei. Wegen des Drahts über deiner Treppenstufe. Wenn Paul Jégou, unser Polizeichef, dieses Dokument nicht vorliegen hat, wird er nichts unternehmen.«

Sie zieht ein gelb-blaues Formblatt aus der Tasche und hält es mir hin. Es ist voller leerer Felder, die ausgefüllt werden müssen, das wird mindestens eine Stunde dauern!

»Muss das wirklich sein?«, frage ich und zweifele, ob das Ganze überhaupt einen Sinn ergibt. »Ich dachte, er sei im Urlaub?«

»Das stimmt, aber er kommt bald zurück. Ich werde das MC113 ganz oben auf den Stapel mit unbearbeiteten Fällen legen, damit er sich als Erstes darum kümmert.«

Das beruhigt mich. Aber was passiert mit dem Formular, wenn ich noch vor der Bearbeitung umgebracht werden sollte?

Nachdem Anne weg ist, gehe ich in die Küche, bleibe am Fenster stehen und starre nach draußen in den Garten. Ein solcher Anblick lässt Frauenherzen höherschlagen! Die Hemdsärmel bis zu den Ellbogen hochgekrempelt, die Stirn vor Anstrengung in Falten gelegt, ist Alban dabei, einen verwilderten Busch aus dem Boden zu reißen. Bei jedem Axtschlag zucke ich zusammen.

Was für ein Mann! Er wendet den Kopf in meine Richtung und bemerkt, dass ich mir die Nase an der Scheibe platt drücke. Ich weiche zurück. Sein strahlendes Lächeln schickt ein warmes Gefühl durch meinen Körper. Ich verstehe immer besser, warum die Blondine auf ihn steht. Zum Glück bin ich anders.

Es klingelt erneut, und ich muss mich von diesem

Anblick losreißen. Meine Güte, was ist denn heute los! Ich öffne die Tür mit der festen Absicht, dieses Mal freundlicher zu sein. Meine guten Vorsätze werden jäh im Keim erstickt, als mein Blick auf Rimbaud fällt, der über und über mit Schlamm bedeckt ist. Er lässt einen mit Sabber überzogenen Stein vor meine Füße fallen und bellt triumphierend, seine Augen strahlen mich Beifall heischend an.

»Wir haben Mademoiselle Le Roy abgehängt«, keucht Corentin, der auch nicht besser aussieht als mein Hund.

Er stinkt bestialisch.

»Wuff!«

Rimbaud wackelt mit den Hüften und tippt mich mit der Pfote an.

»Ruhe jetzt!«

»Es gab nur ein Problem. Wir mussten direkt an dem Felsvorsprung vorbei und sind auf den glitschigen Algen ausgerutscht. Mademoiselle Le Roy war stinksauer. Sie hat jetzt Laufmaschen in der Strumpfhose, und ihr Rock ist total verdreckt.«

»Oh, die Arme!«, rufe ich aus, ohne ein zufriedenes Lächeln unterdrücken zu können.

»Sie hat ganz schön rumgeschrien. Rimbaud und ich sind so schnell wie möglich abgehauen. Danach habe ich ihm gezeigt, wie man Kieselsteine übers Wasser hüpfen lässt. Dabei hat er gelernt, wie man Steine aufsammelt, was, Rimbaud?«

Mein Dackel schiebt den Sabberkiesel auf mich zu

und japst glückselig. Corentin hebt ihn auf und wirft ihn in den Vorgarten. Der Dackel rast hinterher.

»Er macht das super, oder?«, Corentin ist begeistert, als Rimbaud zurückkommt und ihm den Stein vor die Füße legt.

»Oh ja, wirklich super. Aber jetzt müsst ihr euch erst mal waschen.«

21

Ob Alban wirklich einen grünen Daumen hat, weiß ich nicht. Er verbringt den ganzen Nachmittag damit, Kompostsäcke mit Grünschnitt zu füllen. Aber ich muss zugeben, dass er ganze Arbeit geleistet hat. Er hat die in voller Blüte stehende Akazie und die violette Glyzinie, die sich um die Pergola geschlängelt hat, kräftig gestutzt, den Boden umgegraben und gerecht. Jetzt bleibe ich wenigstens nicht mehr an den Dornen hängen, wenn ich durch den Garten zum Schuppen gehe.

Trotzdem ist das Ergebnis ernüchternd. Alban meint jedoch, dass in der Bretagne alles ziemlich schnell wächst. Ich bestelle in der Eisenwarenhandlung Heidekrautpflanzen und eine Packung Rasensamen, ebenfalls ein Vorschlag von Alban.

Wir essen zusammen mit Corentin zu Abend. Alban ist mies gelaunt. Offenbar hat ihm Angadrem Le Roy von ihrem Missgeschick erzählt und sich über Corentins Benehmen beschwert. Er sei anmaßend, unhöflich und schlecht erzogen. Alban schimpft mit ihm, was uns von unseren üblichen Gesprächsthemen abbringt. Der Junge muss sich mit gesenktem Kopf eine saftige Strafpredigt anhören. Ich habe Mitleid mit ihm. Selbst Rimbaud scheint ein schlechtes Gewissen zu haben. Und ich schäme mich auch.

Alban bringt seinen Neffen zu Sylvie Landrec zurück, er hat sich immer noch nicht beruhigt. Ich nutze die Zeit, um zu duschen und Musik zu hören. Er hat den Hausschlüssel mitgenommen und bringt ihn mir spätabends zurück. Ich liege schon im Bett, und er deponiert ihn auf meinem Nachttisch, dann verschwindet er einfach, ohne einen freundlichen Blick, ohne ein Wort. Er hatte sicher einen anstrengenden Tag, aber jetzt übertreibt er. Was für ein Muffel!

Ich lese noch ein wenig in dem heiteren Roman, den ich auf mein Tablet geladen habe. Rimbaud liegt zusammengerollt in seinem Körbchen, er ist unruhig, wahrscheinlich träumt er schlecht, immer wieder wimmert er. Der Arme! Vielleicht geht es Alban in seinem Feldbett nicht anders. Verdient hätte er es.

Außer dem Wimmern ist kein Geräusch zu hören. Kein Knacken stört die Stille. Ich grinse gerade über eine Bemerkung meines Helden, als plötzlich alle Lichter ausgehen. Es ist stockfinster. Was ist denn jetzt schon wieder los?

Ich muss nicht lange warten, da höre ich Albans eilige Schritte auf der Treppe, der Schein einer Taschenlampe dringt in mein Zimmer. Er bleibt auf der Schwelle stehen.

»Stromausfall!«, ruft er. »Kein Grund zur Panik.«

Rimbaud springt aus seinem Körbchen und bellt.

»Ich bin's doch, Alban.«

Keine Minute später hat sich Rimbaud wieder zusammengerollt und ist eingeschlafen.

»Ich bin nicht in Panik, du kannst wieder schlafen gehen. Ich mache das Licht an meinem Tablet an, dann kann ich weiterlesen.«

Gesagt, getan. Ich drehe mich auf die Seite. Beleidigt? Ich? Vielleicht ein bisschen.

»Du solltest das nicht auf die leichte Schulter nehmen«, er lässt nicht locker.

»Ich gehöre nicht zu den Frauen, die sich wegen eines Stromausfalls, einer Laufmasche oder eines Flecks auf ihrem Rock aufregen.«

»Vielleicht hat jemand deinen Sicherungskasten manipuliert, damit er hier ungestört herumschnüffeln kann.«

»Ach ja?«, frage ich betont gelangweilt und tue so, als ginge mich das alles überhaupt nichts an.

»Ich meine ja nur.«

»Dann gute Nacht.«

Ich tue so, als würde ich mich wieder in meinen Roman vertiefen, beobachte aber aus dem Augenwinkel seine Reaktion. Er steht weiter auf der Türschwelle, wankt und weicht keinen Zentimeter, ihn zu ignorieren ist unmöglich. Plötzlich knarzt das Parkett. Mein Herz beginnt zu rasen, als mir klar wird, dass er auf mich zukommt. Der Lichtschein seiner Taschenlampe fällt jetzt auf mein Gesicht.

»Du blendest mich, nimm die Lampe weg.«

Er tut es, bleibt aber stehen.

»Ich möchte mich für vorhin entschuldigen. Ich war schlecht gelaunt.«

»Wegen Corentin? Ich wollte dir vor ihm nicht widersprechen, aber wenn deine alte Freundin den ganzen Tag in High Heels und Designerklamotten rumläuft, muss sie sich nicht wundern.«

»Ich habe doch gesagt, es tut mir leid.«

»Ich bin nicht taub, das habe ich gehört. Ich nehme an, deine Laune hat sich inzwischen gebessert?«

»Ja.«

»Das freut mich für dich. Dann wirst du sicher gut schlafen können. Ich möchte dich nicht aufhalten. Gute Nacht, Alban.«

»Das hängt mit der Hitzewelle in Südfrankreich zusammen ...«

Ich schaue genauer hin. Im Licht der Taschenlampe sieht er aus wie ein Gespenst. Ein sehr attraktives Gespenst.

»Ich erkenne da keinen Zusammenhang«, erwidere ich und bin gespannt auf seine Erklärung. »Was hat eine mehr als tausend Kilometer entfernte Hitzewelle mit dir zu tun? Du wirkst nicht gerade so, als wärst du derart wetterfühlig.«

Er lacht und setzt sich auf mein Bett. Der Lichtschein der Taschenlampe zeigt jetzt auf den Boden.

»Ich meine den Stromausfall. Er betrifft die ganze Region. Das hängt damit zusammen, dass diese Idioten im Süden ihre Klimaanlagen bis zum Anschlag hochfahren und zu viel Strom verbrauchen.«

»Ich kenne Leute im Süden mit Klimaanlage, die keinesfalls Idioten sind«, protestiere ich.

Er lacht.

»Um den erhöhten Bedarf zu decken, zieht unsere geschätzte nationale Elektrizitätsgesellschaft Kapazitäten aus der Bretagne ab. Das ist schon seit Jahren so. Im Winter ist es noch schlimmer, da haben wir noch mehr Ausfälle. Und das alles nur, weil wir uns gegen die Atomkraft gewehrt haben.«

»Aber warum? Die Bretonen waren doch nicht die Einzigen, die sich dagegen ausgesprochen haben.«

»Das hat politische Gründe. Ende der 1960er-Jahre hatten wir das erste Kernkraftwerk in Brennilis, aber das lief nicht lange. Nach zwei Attentaten der Bretonischen Befreiungsfront und mehreren Unfällen wurde es stillgelegt und rückgebaut. Es gab weitere Projekte, sie wurden aber nie umgesetzt ...«

Er hält inne. Der Lichtschein bewegt sich, er scheint näher zu kommen, sicher bin ich nicht. Ich bemerke nur, dass das Licht schwächer geworden ist. Mit dem Halbdunkel steigt mein Mut. Ich muss ihm unbedingt die eine Frage stellen, die mich schon die ganze Zeit umtreibt.

»Ich würde gerne wissen ...«, setze ich an.

»Ja?«

»Stehst du auf Männer?«

»Auf Männer?«, er lacht schallend.

»Ja, ziehst du Männer Frauen vor?«

»Ich weiß nicht, worauf du hinauswillst, Jade.«

»Oh Mann, bist du schwul oder nicht?«

»Wie kommst du denn darauf?«

»Ich weiß nicht ... Du hast viele Verehrerinnen, du schließt schnell Freundschaften, aber du ...«

Ich habe den Satz noch nicht beendet, als ein dumpfes Geräusch zu hören ist. Albans Taschenlampe ist auf den Boden gefallen, jetzt ist es richtig dunkel in meinem Zimmer. Einen Augenblick später spüre ich starke Arme um meine Taille. Lippen legen sich auf meine. Alban küsst mich. Und ich küsse zurück.

Unsere Küsse werden leidenschaftlicher. Um mich herum wird es ganz still, ich verliere das Gespür für Raum und Zeit, bis Alban aufsteht und nach seiner Taschenlampe greift. Ich komme langsam wieder zu mir.

»Es tut mir leid.«

»Du hast dich schon ... entschuldigt«, stammele ich verlegen.

»Schon, aber dieses Mal ist es anders. Ich wollte dich nicht überfallen, es hat mich einfach gepackt.«

»Ähm, also ... kein Problem. Es war nicht unangenehm.«

»In der Tat. Ich hoffe, damit ist deine Frage beantwortet. Ich gehe jetzt. Gute Nacht, Jade.«

»Ja, die Antwort hat mich überzeugt. Gute Nacht, Alban.«

Nachdem er gegangen ist, starre ich im Dunkeln die kaum erkennbare Zimmerdecke an. Jetzt treibt mich etwas ganz anderes um. Alban kann ziemlich gut küssen. Ob er das mit vielen Frauen übt? Ich schaudere bei dem Gedanken, dass auch die Blondine dazugehören könnte.

22

In der Nacht vom 5. auf den 6. Juli

Ich kann es immer noch nicht glauben. Alban hat mich geküsst. Und wie! Was für ein Kuss! Ich bin ganz schön verwirrt... Wie soll ich denn so einschlafen, verdammt?

Ich werde von einem furchtbaren Lärm geweckt, gefolgt von wildem Gebell, denn Rimbaud reagiert sofort und rast mit kratzenden Pfoten in den Flur. Ich quäle mich hoch. Verdammt! Bestimmt wieder ein Fall für MC113! Ich betätige ein paar Mal den Schalter der Nachttischlampe. Nichts. Immer noch kein Strom.

Ich aktiviere die Taschenlampe an meinem Smartphone und versuche, die Quelle des Lärms zu lokalisieren. Je weiter ich die Treppe nach unten gehe, desto lauter werden die Geräusche. In der Küche ist eine Schlägerei im Gange.

Einer der Kontrahenten ist Alban, der von Rimbaud mit wütendem Bellen unterstützt wird. Aber wer ist der andere?

Unten angekommen, versuche ich, im Halbdunkel etwas zu erkennen. Aber die kleine Taschenlampe meines Smartphones ist zu schwach. Albans Taschenlampe liegt am Boden und beleuchtet den Bereich unter seinem Feldbett, sodass ich nur Silhouetten erkennen kann. Die beiden liefern sich einen erbitterten Kampf, Stühle stürzen um, ein Glas fällt auf den Boden und zerbricht. Die Fäuste fliegen, klatschende Geräusche und Grunzlaute sind zu hören, die eher an ein Tier als an einen Menschen erinnern.

»Schluss damit, oder ich hole die Polizei!«, rufe ich mit dröhnender Stimme, obwohl ich vor Angst zittere.

»Verschwinde, Jade«, schreit Alban. Und dann, an seinen Gegner gewandt: »Nimm das!«

Ich überwinde meine Angst, greife nach einer Wasserflasche, schraube sie auf und schütte den Inhalt über die beiden Streithähne, die postwendend voneinander ablassen. Jetzt kann ich erkennen, wer wer ist. Der eine ergreift die Flucht Richtung Vorratsraum, das muss der Eindringling sein, da bin ich sicher. Sein Gesicht kann ich leider nicht erkennen, aber dass es sich um einen Mann handelt, ist klar. Und der andere, der sich jetzt zu Rimbaud nach unten beugt, ist Alban.

»Halt den Hund fest, der rennt sonst hinterher.«

Schon macht er sich an die Verfolgung des nächtlichen Besuchers.

Ich beruhige Rimbaud, nehme ihn auf den Arm und gehe in den Vorratsraum, wo sich eine Waschmaschine und Regale mit Vorräten und Putzutensilien befinden. Wo sollte man sich hier verstecken? Und dennoch ist der Raum leer! Wie kann das sein?

Ich habe doch zwei Männer hineinrennen sehen! Ich leuchte die Wände ab. Nichts deutet auf einen Geheimgang hin.

»Alban? Wo bist du?«, rufe ich beunruhigt.

Statt seiner reagiert Rimbaud. Er springt auf den Boden und verschwindet unter dem Waschbecken.

»Komm sofort zurück!«

Ich knie mich auf den Boden, ziehe den Vorhang beiseite, hinter dem er verschwunden ist, und entdecke ein Loch in der Wand. Das ist also der Durchgang. Er ist gerade mal so groß, dass ich hindurchkriechen kann. Ich gelange in ein Treppenhaus und richte mich auf. Meine Smartphone-Lampe beleuchtet eine Reihe von Treppenstufen, die nach unten führen. Sie verbinden mit Sicherheit Les Ibis mit dem unterirdischen Tunnelsystem. Hier hinunterzugehen, ist gefährlich. Es ist stockdunkel, und ich habe nur ein Nachthemd und Pantoffeln an. Aber Alban braucht Hilfe, vielleicht ist er sogar verletzt. Und was, wenn Rimbaud sich verirrt?

Ich zögere, doch dann steige ich die in den dunklen Granit geschlagenen Stufen hinunter. Die Wände schimmern feucht. Ich orientiere mich an der Zugluft und setze vorsichtig Schritt für Schritt, denn die Stufen sind glitschig. Einen Handlauf gibt es nicht, was den Abstieg noch gefährlicher macht.

»Rimbaud ... Alban ...«

Meine Stimme hallt durch den Gang. Ich beschließe, ab sofort zu schweigen. Als ich das Ende der Treppe erreicht habe, leuchte ich die Umgebung ab und erkenne die unebenen Wände einer Höhle. Ich ziehe den Kopf ein, um mir den Raum näher anzusehen, die Decke ist kaum höher als ich. Überall stehen Holzfässer und leere Lattenkisten herum, die mit dichten Spinnweben bedeckt sind. Brrr! Ich hasse diese lästigen Krabbeltiere. Schon bald sehe ich eine Spinne über eine Wand huschen. Ein Haufen Backsteine lässt darauf schließen, dass die Öffnung früher verschlossen war. Ich habe die Wahl zwischen Weitergehen oder Umkehren. Ich entscheide mich für Ersteres.

Der Stollen verläuft leicht abwärts. Je weiter ich vordringe, desto intensiver wird der Salzgeruch, der Gang führt offensichtlich zum Meer. Ich wate wiederholt durch Pfützen, meine Pantoffeln sind durchnässt. Nach unendlich scheinenden Minuten erreiche ich eine wesentlich größere Höhle, deren Wände mit einer glitzernden Salzschicht bedeckt sind. Wunderschön und beängstigend zugleich. Und jetzt? Von hier aus zweigen sechs Seitengänge ab.

»Du hättest mir nicht folgen sollen«, höre ich eine Stimme hinter mir. Es ist Alban. »Aber ich freue mich trotzdem, dich zu sehen. Meine Taschenlampe hat den Geist aufgegeben.«

Ich drehe mich um und leuchte ihn an. Er versucht, seine wirren Haare zu richten, sein Schlafanzug ist zerrissen, ein Ärmel hängt schlaff herunter. Über der linken Schläfe hat er eine blutende Wunde.

»Du bist verletzt, das muss behandelt werden«, ich

bin schockiert, halte mich aber zurück und komme nicht näher. Er wirkt wie versteinert. Verständlich, sein Gegner hat ihm ganz schön zugesetzt.

»So schlimm ist es nicht, Jade. Leider ist dieser Dreckskerl abgehauen. Und ich weiß nicht, durch welchen Gang.«

Er fährt sich über die linke Schläfe.

»Hast du erkannt, wer es war?«

»Nein. Er trug eine Mütze und hatte eine schwarze Maske über das Gesicht gezogen. Und ich hatte anderes zu tun, als seine Augenfarbe zu überprüfen ...«

Er lächelt gequält, offensichtlich hat er Schmerzen.

»Tut dir was weh?«, frage ich beunruhigt.

»Ja, ein bisschen. Ich glaube, ich brauche eine Krankenschwester.«

Sein lockerer Tonfall macht mir Mut, ich gehe auf ihn zu, lege vorsichtig den Zeigefinger unter sein Kinn und hebe es an. Er lässt mich gewähren. Unser Atem scheint eins zu werden, wie bei einem Kuss. Aber nein, ich werde ihn jetzt nicht küssen, auch wenn eine gewisse Spannung in der Luft liegt, ein sinnliches Kribbeln, das ich nicht ignorieren kann.

»Was meinst du?«

Es fällt mir schwer, mich von dem magnetischen Blick seiner glänzenden Augen zu lösen.

»Blutergüsse und blaue Flecke«, antworte ich verlegen, »das muss gekühlt und desinfiziert werden, außerdem empfehle ich Arnika. Im Bad oben habe ich alles, was du brauchst.«

»Dann gehen wir zurück. Ist Rimbaud nicht bei dir?«

Die Realität holt mich ein: Mein Hund ist weg.

»Verdammt, er hat sich bestimmt verlaufen!« Ich gerate in Panik. »Wir müssen ihn suchen.«

»Auf keinen Fall, sonst verirren wir uns auch noch«, er legt die Hände wie einen Trichter um den Mund und ruft: »Rimbaud! Rimbaud!«

Ein dumpfes Echo hallt zurück. Hoffentlich kann Rimbaud ihn hören. Als ich sehe, wie mein Dackel mit flatternden Ohren und einem Kieselstein im Maul auf uns zurennt, bedanke ich mich im Stillen bei mir, dass ich ihn so gut erzogen habe. Die Anstrengung hat sich gelohnt. Schwanzwedelnd legt er mir seine Beute vor die Füße. Alban hebt sie auf und betrachtet sie aufmerksam. Es ist gar kein Stein, sondern eine runde gelbe Metalldose.

»Lajaunie-Lakritzpastillen«, meint Alban und hält die Dose ins Licht meiner Handy-Taschenlampe. »Noch fast voll.«

»Wuff!«

»Sie muss dem Typen bei der Flucht aus der Tasche gefallen sein«, überlege ich laut. »Was sollen wir jetzt tun?«

»Zurückgehen. Ich mache uns einen Kaffee, und dann mauern wir das Loch in der Vorratskammer zu.«

23

Das ist vielleicht eine Plackerei! Ob ich hier jemals fertig werde? Und wenn ich mir eine Pause gönne? Und habe ich schon erwähnt, dass ich einen grünen Daumen habe?

Gestern haben Alban und ich den ganzen Tag damit verbracht, Les Ibis gegen unliebsame Besucher abzusichern. Wir haben mit Backsteinen und Mörtel den Zugang zu den unterirdischen Höhlen zugemauert und danach den Eingang zum Keller mit Holzbrettern verschlossen, oben und unten an der Treppe und auch unter dem Waschbecken im Vorratsraum.

Seit diesen Maßnahmen kann Alban wieder bei sich zu Hause schlafen. Endlich Ruhe. Allein, aber frei von Ängsten. Ab jetzt schafft es niemand mehr, unbemerkt in die Villa einzudringen. Mein Haus ist eine Festung.

Voller Tatendrang stehe ich auf, mit dem festen Vorsatz, den heutigen Tag zu genießen. Das Drama mit dem Einbrecher liegt hinter mir. Ich ziehe die Laufschuhe an und gehe an den Strand. Rimbaud ist an meiner Seite. Ich atme tief die salzige Luft ein, die mir den Kopf frei bläst, effektiv wie eine Gehirnwäsche. Ich möchte nicht mehr an Albans Kuss denken. Sentimentalität und Gefühlsduseleien tun mir nicht gut.

Auf dem Rückweg schaue ich beim Fischhändler vorbei und kaufe Seezungen. Falls ich wider Erwarten Gäste zum Mittagessen haben sollte, kann ich ihnen etwas anbieten. Als ich zu Hause ankomme, parkt ein Laster vor der Villa. Der Fahrer steigt aus und schleppt Farbeimer, Rasensamenpakete und Töpfe mit Moorbeetpflanzen vor die Tür.

Nach dem Mittagessen mache ich mich daran, Heidekraut, Rhododendron, Hortensien, Azaleen und Kamelien zu pflanzen. Rimbaud weicht mir nicht von der Seite. Das Wetter ist wechselhaft, manchmal zeigt sich die Sonne, dann ziehen Wolken über den Himmel, hin und wieder nieselt es. Aber das hält mich nicht von meiner Arbeit ab. Anstrengend allerdings ist Rimbauds neues Lieblingsspiel, das ihm Corentin beigebracht hat: etwas wegwerfen und wieder holen. Nachdem ich x-mal Stöckchen und Kieselsteine geworfen habe, die er mir immer wieder vor die Füße gelegt hat, bin ich mit meiner Geduld am Ende: »Das reicht jetzt!«, fluche ich und schleudere meine Harke auf den Boden.

Aber statt beleidigt die Lefzen hängen zu lassen, fängt Rimbaud wild an zu bellen und rennt schnell wie der Blitz auf die Pergola hinter mir zu. Ich drehe mich um. Dort steht Cédric Mahé, mit einem Haufen Bücher in der Hand, er hopst herum, um dem Schnappen meines Hundes zu entkommen. Ein auf den ersten Blick witziges Bild, aber irgendetwas stört mich daran. Wie ist er unbemerkt auf die Terrasse gekommen?

»Bei Fuß, Rimbaud!«, schreie ich.

Aber der lässt sich einfach nicht beruhigen. Ich muss ihn am Halsband packen und in die Küche sperren, wo er unentwegt weiterbellt. Warum regt er sich nur so auf?

»Was machen Sie hier?«, frage ich meinen Überraschungsgast. »Wie sind Sie reingekommen?«

»Guten Tag, Mademoiselle Beaumont. Es tut mir leid, Sie erschreckt zu haben. Das wollte ich nicht«, stammelt er entschuldigend. »Ich bin von der Seite gekommen.«

Er deutet auf einen brach liegenden Gartenstreifen. Stimmt, ich habe ganz vergessen, dass es über den Hof einen Zugang zum Garten und zur Rückseite der Villa gibt. Ich muss hier unbedingt ein Tor anbringen lassen.

»Und was wollen Sie von mir?«, frage ich kurz angebunden.

»Ich bringe Ihre Bücher zurück. Sie haben mir sehr geholfen und meinem Gedächtnis auf die Sprünge geholfen. Könnte ich mir noch ein paar andere ausleihen?«

Statt zu antworten, mustere ich ihn genauer. Eher unauffällig, groß, braune Haare, er wirkt völlig harmlos. Auf den ersten Blick zumindest. Trotzdem ist Vorsicht geboten. Er könnte durchaus den Draht gespannt haben und mehrere Male durch das Loch unter dem Waschbecken im Vorratsraum in die Villa eingedrungen sein. Er könnte sich mit Alban geprügelt haben. Und überhaupt: Wieso ist er in meinen Garten gekommen, ohne um Erlaubnis zu fragen?

»Es tut mir leid, aber ich kann Sie nicht reinlassen. Die Wände der Bibliothek sind frisch gestrichen. Und dann ist da noch mein Hund. Er scheint heute nicht gerade bester Laune zu sein.«

Wir wenden uns beide in Richtung Terrassentür. Noch immer bellt Rimbaud hinter der Scheibe, seine Pupillen sind geweitet, die vor Wut funkelnden Augen scheinen schier aus den Höhlen zu treten. Trotz seiner geringen Größe sieht er furchterregend aus. Für mich ist sein aggressives Verhalten der Vorwand für eine glaubwürdige Ausrede.

»Ich möchte nicht, dass er Ihnen die Hose zerreißt, verstehen Sie?«

»Ah, verstehe. Dann will ich Sie nicht länger aufhalten.«

Cédric legt die Bücher auf den Tisch auf der Terrasse.

»Ich bringe Sie zum Tor.«

»Ich kenne den Weg, danke, machen Sie sich keine Mühe.«

Mein Instinkt sagt mir etwas anderes, und ich folge ihm. Dieser Teil des Gartens ist noch voller Unkraut. Der Mann läuft irgendwie komisch, als ob er sein rechtes Bein nachziehen würde.

»Hat Sie mein Hund etwa schon gebissen?«, frage ich unvermittelt, als wir in den Vorgarten kommen. »Sie humpeln ja.«

»Nein, nein. Ich bin mit dem Fahrrad über einen Ast gefahren, der auf der Straße lag, und gestürzt.«

»Es hat ja ordentlich gestürmt in den letzten Tagen ...«

»Sie sagen es, dabei sind einige Äste heruntergebrochen«, er hält kurz inne, »meinen Sie, ich könnte morgen noch mal vorbeikommen? Ich muss meinen Abschlussbericht fertig schreiben, und ich weiß, dass Sie in der Bibliothek einige wirklich wichtige Werke über die Bretagne stehen haben.«

»Worum geht es denn? Ich könnte einige Bände heraussuchen und Sie Ihnen ins Rathaus bringen.«

»Bretonische Geschichte ... das ist ein weites Feld. Da muss ich schon selbst nachsehen. Kann ich morgen wiederkommen?«, er lässt nicht locker. »Farbgeruch stört mich nicht.«

»Aber mein Hund ...«

»Ich ziehe eine alte Hose an, da kann er gerne reinbeißen.«

Er hat auf alles eine Antwort. Ich fürchte, mich um Kopf und Kragen zu reden, deshalb gebe ich nach.

»Versuchen Sie es morgen gegen fünfzehn Uhr noch mal«, sage ich und nehme mir vor, gerade dann nicht zu Hause zu sein, »und bitte klingeln Sie das nächste Mal.«

»Aber ich habe geklingelt!«

Ich bin also nicht die Einzige, die nicht die Wahrheit sagt. Die Türklingel hört man bei geöffneter Terrassentür bis in den Garten. Aber ich habe nichts bemerkt.

»Gut, dann also bis morgen.«

Er nickt und geht zum Gartentor. Plötzlich habe ich eine Idee. In der Gesäßtasche meiner Hose stecken immer noch der MC113-Vordruck und die Lakritzdose. Sobald ich mit dem Garten fertig bin, werde ich das Formular zu Anne bringen.

»Warten Sie, Sie haben etwas verloren«, rufe ich ihm nach und ziehe Rimbauds Fundstück aus der Tasche.

Er dreht sich um und betrachtet die gelbe Dose. Greift er danach oder nicht? Er kommt näher, streckt die Hand aus, aber dann weicht er zurück.

»Die gehört mir nicht«, sagt er und geht.

Ein fragwürdiger Typ, wie alle Männer in Foisic, angefangen bei Alban. Warum antwortet er nicht auf meine SMS? Seitdem er nicht mehr bei mir wohnt, ist er unerreichbar. Ich habe sogar mehrere Male versucht, ihn anzurufen, aber er hat nicht abgenommen. Ich beschließe, bei ihm vorbeizugehen. Allerdings weiß ich nicht genau, wo er wohnt. »Irgendwo beim Kreidefelsen«, hat er einmal gesagt. Ist er etwa beleidigt? Aber warum? Blaue Flecke, Küsse ... was genau hat ihn gestört?

Ich bin immer noch in Gedanken versunken, als Corentin angerannt kommt. Er kann mir bestimmt sagen, wo sein Onkel ist.

»Hallo, Jade. Ich bin ein bisschen zu spät«, sagt er außer Atem, »ich musste meiner Großmutter im Laden helfen.«

»Hallo, Corentin. Du bist gar nicht zu spät, außerdem hast du Ferien! Weißt du eigentlich, wo Alban ist?«

Statt einer Antwort balanciert er hin und her, von rechts nach links, von vorne nach hinten. Ich kann mir schon vorstellen, was er mir verschweigt.

»Er hilft Angadrem Le Roy im Salon de thé, oder?«

»Kann sein«, antwortet er und starrt auf den Boden, um mir nicht in die Augen sehen zu müssen.

»Wollen wir einen Spaziergang machen?«

»Oh ja, super!«

Ich weiß genau, wohin es gehen soll. Vielleicht erfahre ich ja, warum Alban nicht mit mir reden will …

24

Ich habe Corentin gefragt, ob er Lust auf etwas Süßes hat, und Rimbauds Wasserschüssel gefüllt. Der Arme hat schrecklichen Durst. Durch das andauernde Bellen ist er heiser und gibt merkwürdige Geräusche von sich. Wir haben noch eine Weile gewartet und sind dann losgegangen.

Unterwegs entwickle ich einen Schlachtplan. Bin ich mutig genug, im Salon de thé aufzutauchen und nach Alban zu fragen? Ich würde mit ihm gerne über Cédric Mahé sprechen. Er kennt ihn sicher besser als ich und kann mir sagen, was er von ihm hält. Während wir die Rue Brise-Lames entlanggehen, kommen wir an der Post vorbei. Ich habe eine Idee und bleibe stehen.

»Hast du Lust auf Bonbons?«

Corentin reißt überrascht die Augen auf.

»Bonbons sind schlecht für die Zähne, ich möchte keine Karies bekommen. Ich hasse es, zum Zahnarzt zu gehen.«

Damit hatte ich nicht gerechnet.

»Hmm, das stimmt, aber ich muss trotzdem kurz hier in den Laden. Ich brauche eine Taschenlampe und Batterien.«

»Die gibt es bei meinen Großeltern auch«, erwidert er und deutet auf die Eisenwarenhandlung schräg gegenüber.

»Hör mal, Corentin«, flüstere ich ihm ins Ohr, »um ehrlich zu sein, geht es um mich. Ich brauche dringend Lakritz. Unbedingt.«

»Das ist schlecht für den Blutdruck. Man kann sogar daran sterben. Und das will ich nicht, ich mag dich.«

Dieser Teufelskerl will es einfach nicht verstehen! Aber ich kann ihm doch nichts von der gelben Lakritzdose erzählen, das würde Alban mir nie verzeihen.

»Keine Angst, Corentin, ich werde mich zurückhalten. Genau wie du gesagt hast.«

Er nickt. Rimbaud hat sich währenddessen hingesetzt, wedelt mit dem Schwanz und bellt heiser vor sich hin. Alle scheinen zufrieden. Jetzt oder nie! Ich betrete die Poststelle. Kaum habe ich zwei Schritte gemacht, höre ich Christine Morvan aus dem Hinterzimmer rufen: »Desinfektion, Maske, oder Sie gehen wieder.«

Wir desinfizieren uns die Hände am Spender am Eingang. Corentin zieht eine OP-Maske auf, wer weiß, wo er die herhat, und nimmt Rimbaud auf den Arm.

»Dieses Mal dulde ich keine Ausreden, Mademoiselle Beaumont«, droht die Postbeamtin, kommt auf mich zu und wedelt mit einer Maske.

»Setzen Sie die auf.«

Ich tue ihr den Gefallen.

»Wenn es um ein Päckchen geht, müssen Sie noch warten, ich bin erst am Auspacken.«

»Nein, ich möchte gerne Lajaunie-Lakritz. Haben Sie …?«

»Sie auch?«, fällt sie mir ins Wort. »Ich habe keine mehr, vorhin habe ich die letzte Dose verkauft.«

»An wen?«

»Was ist denn das für eine Frage?«

»Jade braucht aber wirklich unbedingt Lakritz«, gibt Corentin höflich zu bedenken. »Wenn Sie ihr sagen, wem Sie die Dose verkauft haben, kann er ihr vielleicht aushelfen.«

Die Postbeamtin mustert mich misstrauisch. Mit den wirren grauen Haaren und der strengen Bluse erinnert sie mich an meine ehemalige Kunstlehrerin. Wenn ich im Unterricht auch nur einen Tropfen Farbe verschüttete, musste ich ihn sofort aufwischen. Sie war ausgesprochen streng.

»Alban Landrec hat die letzte Dose gekauft«, sagt sie schließlich.

»Alban?«, frage ich erstaunt.

»Ja, dieser verrückte Lehrer!«

Wie boshaft von ihr! Warum beleidigt sie Alban?

»Hat vielleicht Cédric Mahé, der Sohn Ihrer Freundin, auch welche gekauft?«, bohre ich weiter.

»Falls es Ihnen noch nicht aufgefallen ist, auf meiner Stirn steht mitnichten ›Auskünfte aller Art‹, das hier ist ein Postamt.«

Wenn ich recht bedenke, würde »griesgrämige Meckerziege« ohnehin besser zu ihr passen. Die beleidigende Bemerkung über Alban nehme ich ihr übel. Frustriert verlasse ich die Post. Zum Glück ist Corentin so feinfühlig und stellt keine Fragen. Was hätte ich ihm auch antworten sollen?

Dieser Junge ist zu sensibel, von den Attentatsversuchen auf mich kann ich ihm unmöglich erzählen. Allerdings würde ich zu gerne wissen, warum sein Onkel plötzlich eine so große Leidenschaft für Lakritz entwickelt hat. Oder recherchiert er etwa auf eigene Faust?

»Mag Alban gerne Lakritz?«, frage ich Corentin, während wir am Boulevard du Front de Mer ankommen.

»Nein, er isst nie Süßigkeiten.«

Dann stimmt meine Vermutung also. Alban stellt eigene Nachforschungen an. Warum erzählt er mir nichts davon? Dieser Mann ist wie ein Buch mit sieben Siegeln.

»Wollen wir eine schöne heiße Schokolade trinken, Corentin?«, frage ich, fest entschlossen, Alban darauf anzusprechen.

»Aber wir haben doch schon etwas getrunken!«

»Stimmt, aber vielleicht musst du mal aufs Klo?«

»Nein, bestimmt nicht«, erwidert er und beißt die Lippen zusammen.

»Oder du hast Durst?«

»Auch nicht.«

»Na ja, ich schon«, improvisiere ich, nachdem mir

die Argumente ausgegangen sind. »Wir gehen zu Angadrem Le Roy in den Salon de thé.«

»Aber er hat doch noch nicht geöffnet. Warum gehen wir nicht ins La Jetée?«

»Bars sind nichts für Kinder. Ich bin sicher, dass uns Angadrem Le Roy ein Glas Wasser nicht verweigern wird.«

»Aber es wäre unhöflich, einfach dort aufzutauchen, mein Onkel sagt immer, man soll sich nicht aufdrängen«, widerspricht Corentin mit gerunzelter Stirn.

»Na ja, Angadrem hat jedenfalls kein Problem damit, sie nutzt Alban schamlos aus.«

Er muss lachen. »Er ist einfach zu nett, um Nein zu sagen.«

»Mir hat er ja auch viel geholfen«, rudere ich zurück, »aber das ist nicht das Gleiche. Ich habe ihn nie darum gebeten. Außerdem hat er mir einen Ball an den Kopf geschossen.«

»Stimmt. Und du bist nicht wie Mademoiselle Le Roy. Zu mir ist sie immer unfreundlich, und meinen Onkel behandelt sie wie einen Diener.«

»Da bin ich ganz deiner Meinung«, ich freue mich, in Corentin einen Verbündeten zu haben. »Diese Frau hält sich für eine Prinzessin.«

»Wuff«, bellt Rimbaud krächzend.

Wir setzen unseren Weg fort und passieren die Bar. Etwa fünfzig Meter weiter kommen wir an einem Schaufenster vorbei, das an ein American Diner

erinnert. Das soll ein englischer Teesalon werden?
Ich drücke die Klinke herunter, aber die Tür ist verschlossen.

»Noch zu«, sagt Corentin.

»Sieht so aus.«

Ich drücke die Nase ans Schaufenster, um zu sehen, was im Inneren vorgeht. Das Licht ist ausgeschaltet, meine Augen müssen sich erst dran gewöhnen. Nach einer Weile erkenne ich einen Raum mit schwarz-weißen Bodenfliesen im Schachbrettmuster, Barhocker und Sitzbänke in rotem Kunstleder, einen farblich passenden Formica-Tresen, eine Jukebox und eine gigantische Coca-Cola-Flasche. Ganz hinten an der Wand meine ich Alban zu sehen, der eine Neonleuchtschrift anbringt. Angadrem hält ihn fest, damit er nicht umkippt.

»Sie machen nichts Schlimmes«, meint Corentin.

»Aber sie stehen ganz schön dicht beieinander.«

»Alban ist nicht in sie verliebt.«

»Pfff«, murmele ich wenig überzeugt, »so sieht das aber nicht aus.«

Ich habe den Satz kaum beendet, als Angadrem zum Schaufenster blickt und uns entdeckt. Sie überlässt Alban sich selbst und kommt auf uns zu. Naiv wie ich bin, gehe ich zur Tür, in der Annahme, dass sie uns aufmachen wird. Aber weit gefehlt. Sie lächelt mich an, drückt auf einen Knopf und lässt den Rollladen herunter. Bis zum Boden.

»Tut mir leid, Juliette, Alban und ich haben zu tun!«, höre ich sie rufen.

»Jade!«, schreie ich zurück. »Ich heiße Jade und nicht Juliette.«

Am liebsten würde ich der blöden Kuh den Hals umdrehen!

25

Ich gehe früh ins Bett. Gartenarbeit ist ganz schön anstrengend, und dann noch diese Blondine, die sich an Alban rangemacht hat, das war zu viel. Eine idiotische Idee, sie zu besuchen! Bestimmt haben sich die beiden über mich lustig gemacht. Ich habe das Gefühl, ihr Lachen bis hierher zu hören!

Ich schalte das Tablet an und rufe mein Buch auf, aber ich kann mich nicht konzentrieren. Ob ich mich vielleicht besser um das Rätsel des verschlossenen Kästchens kümmern sollte? Die Idee überzeugt mich, und ich stehe postwendend auf.

»Wuff!«, krächzt Rimbaud. Er ist immer noch heiser.

»Bleib in deinem Körbchen, und sei still. Du hast heute schon genug gebellt.«

Ich hole mir das *Ägyptische Totenbuch* aus der Bibliothek und lege mich wieder ins Bett. Das Buch hat etwa hundert Seiten, außer dem Papyrus des Hunefer enthält es Fotos des Originals und dazu erläuternde Texte auf Französisch. Wenn sich die Lösung des Rätsels dort verbirgt, ist sie wirklich gut versteckt. Wie soll ich das nur rauskriegen?

Was es wohl mit den Gravuren auf dem Kästchen auf sich hat? Einen Versuch ist es wert. Ich widme mich der Waage mit der Feder in der einen und dem Herzen in der anderen Waagschale. Sie sind im Gleichgewicht. Offensichtlich geht es um das Gewicht der Seele.

Im antiken Ägypten glaubte man an das ewige Leben. Dazu mussten zwei Grundvoraussetzungen erfüllt sein: Man musste im irdischen Leben gütig und gerecht gewesen sein, und man musste seine körperliche Hülle durch Mumifikation vor der Verwesung schützen.

Nach dem Tod kam der Kandidat für die Auferstehung vor das Totengericht des Osiris. In diesem Tribunal wurde über die Reinheit seines Herzens entschieden. Zu diesem Zweck wurde das Herz des Verstorbenen auf eine Waagschale gelegt, als Gegengewicht lag in der anderen Waagschale eine Straußenfeder. Sie war das Symbol für Maat, die Göttin der Wahrheit und der Gerechtigkeit. Wenn die Waage im Gleichgewicht blieb, konnte der Verstorbene den Prozess zum ewigen Leben weitergehen. Andernfalls tauchte das vielköpfige Ungeheuer Ammit auf und verschlang den Unglücklichen.

Ich blättere ein paar Seiten weiter und betrachte die entsprechende Szene. Ich bin sicher, dass hier die Lösung des Rätsels verborgen liegt, und starre auf das Bild. Links von der Waage erkennt man den schakalköpfigen Anubis, der einen Ankh-Schlüssel in der Hand hält und Hunefer zu Osiris bringt.

Ich stelle auf dem Kästchen die Worte MAAT, ANKH und AMIT ein, obwohl ich weiß, dass sie bestimmt nicht die richtigen Codes sind, Corentin hat es bereits vergeblich versucht. Es gibt mehr als 450 000 mögliche Buchstabenkombinationen, es ist wie Lotto spielen!

Auf der folgenden Seite wird die Szene beschrieben. Nachdem ich den Text mehrere Male gelesen habe, schweifen meine Gedanken ab. Alban, der sich nicht meldet, die schöne Angadrem ... neben ihr sehe ich ziemlich unscheinbar aus. Es fällt schwer, sie nicht zu hassen. Wenn sie ein bisschen netter zu mir wäre, würde ich mich ja bemühen, aber ihre provokante Art, mich Juliette zu nennen, stellt meine Geduld auf eine harte Probe.

Wie hat sie noch gesagt? »Jade. Das sollte nicht schwer zu merken sein ... ein Wort mit vier Buchstaben ... Ich werde es mit Rotstift in mein Notizbuch eintragen.«

Ein Wort mit vier Buchstaben ... mit Rotstift.

Vier rote Buchstaben.

Vier.

Rot.

Mein Gehirn läuft auf Hochtouren, ich reibe mir die Augen und wende mich erneut dem *Totenbuch* zu. Dieses Mal lese ich nicht, sondern scanne den Text mit den Augen ab. Ob ich doch noch etwas finde, was mir vorher nicht aufgefallen ist? Nach wenigen Sekunden habe ich Erfolg. Zwischen den schwarzen Buchstaben des Textes tauchen hier und da auch rote Buchstaben auf. L, T, O und D.

»LTOD«, einen Sinn ergibt das nicht. Aber ich probiere es trotzdem. Es klickt, und das Kästchen öffnet sich. Unglaublich, aber wahr.

Im Inneren finde ich einen goldenen Schlüssel und ein zusammengelegtes Stück Papier. Ich falte es auf. Das Papier ist eng beschrieben, aber der Inhalt ist gut lesbar.

Meine liebe Jade,

ich habe keine Sekunde daran gezweifelt, dass es Dir gelingen wird, das Schatzkästchen zu öffnen. Herzlichen Glückwunsch! Du bist meine würdige Nachfolgerin. Wenn Du so clever bist, wie ich glaube, dann wirst Du auch verstehen, wozu dieser Schlüssel dient. Nutze ihn aus rechten Motiven.

Wie sagte schon der Pharao Amenophis: »Wenn dein Herz und deine Zunge verbunden sind, dann wird dir alles gelingen.«

Dein Herz ist rein genug, um die Herausforderungen zu meistern, die auf Dich warten. Frage nicht, woher ich das weiß. Zu meinen Lebzeiten konnte ich die Menschen gut einschätzen, selbst wenn sie noch Strampler und Windeln trugen.

Ich wünsche Dir für Deine Zukunft viel Erfolg. Von Osiris' Reich aus werde ich über Dich wachen.

Aglaé Bissel, nachgeborene Priesterin des Isis-Tempels

Was für eine außergewöhnliche Frau! Ich bin gerührt. In ihrem Brief liegt so viel Liebe. Ich verdiene ihre Zuneigung gar nicht. Ein reines Herz, ich? Noch vor Kurzem habe ich Angadrem Le Roy die Pest an den Hals gewünscht.

Obwohl ich völlig erschöpft bin, gehe ich zu der Tür mit den Eisenbeschlägen, die Alban und ich letzten Sonntag entdeckt haben. Ob der goldene Schlüssel passt? Rimbaud springt aus seinem Körbchen. Spürt er, wie aufgewühlt ich bin?

»Geh wieder schlafen, Rimbaud.«

Er hört nicht und leckt mir die Zehen, während ich auf dem Weg zur Tür bin.

»Meine Füße sind sauber, verstehst du?«, erkläre ich ihm und stecke den Schlüssel ins Schloss. »Aber hör bitte nicht auf, ich liebe das.«

Ich bin nicht überrascht, dass der Schlüssel perfekt passt. Mein Herz beginnt wie wild zu pochen, ich drücke die Klinke herunter und öffne die Tür. Sie quietscht. Das Licht aus meinem Zimmer fällt auf etwas Dunkles. Ist das ein Bretterverschlag? Er sieht leer aus. Misstrauisch bleibe ich auf der Schwelle stehen. Ich wage nicht, weiterzugehen.

Ein dunkler Fleck auf dem Boden weckt meine Aufmerksamkeit. Ich schaue ihn näher an. Er ist rechteckig, vielleicht ein Loch im Boden? Wenn ja, dann ist es ziemlich groß. Aus Angst, dass mein Hund dort hineinfallen könnte, nehme ich ihn auf den Arm. Ich halte ihn ganz fest und gehe auf das Loch zu. Im selben Moment, als ich Stufen erkenne, die nach unten führen, läutet es an der Tür.

Wer könnte um zehn Uhr abends etwas von mir wollen? Alban?

26

Ich bin nicht da. Ich möchte nur in Ruhe gelassen werden. Am besten ignoriere ich die Klingel einfach. Aber dann siegt meine Neugier doch über den gesunden Menschenverstand. Ich schließe die Tür wieder ab. Ich werde die Treppe morgen näher untersuchen, bei Tageslicht bin ich ohnehin mutiger. Hoffentlich führen die Stufen nicht wieder in das Tunnelsystem unter Foisic ...

Rimbaud folgt mir auf dem Weg ins Erdgeschoss. Mein Besucher klingelt jetzt Sturm. Je näher wir der Eingangstür kommen, desto aufgeregter wird Rimbaud. Mit flatternden Lefzen rast er auf die Tür zu und baut sich laut bellend davor auf. Geht das schon wieder los!

»Schluss damit, Rimbaud. Man hört ja sein eigenes Wort nicht mehr!«

»Machen Sie bitte auf!«, ruft jemand von draußen. Ich erkenne Cédric Mahés Stimme.

»Es ist spät, kommen Sie morgen wieder«, rufe ich und versuche, das Knurren meines Hundes zu übertönen.

»Ich habe vergessen, Ihnen ein Buch zurückzugeben.«

»Tut mir leid, ich wollte gerade ins Bett gehen.«

»Es dauert nicht lange.«

»Ich werde sicher nicht aufmachen, selbst wenn Sie noch so sehr drängen. Gute Nacht, Monsieur Mahé.«

Ich muss überzeugend geklungen haben, denn er hört auf zu klingeln. Und oh Wunder, auch Rimbaud ist verstummt. Ich gehe in die Küche, um mir einen Kamillentee zu machen. In der Villa ist wieder Stille eingekehrt. Langsam fange ich an, mich hier heimisch zu fühlen. Aber dieses Wohlgefühl hält mich nicht davon ab, das Haus zu verkaufen. Ich muss in die Hauptstadt zurück, mein Platz ist dort. Nur in Paris kann ich entscheiden, wie es mit meinem Leben weitergeht. Die Einwohner Foisics überlasse ich wieder sich selbst. Sollen Angadrem und Alban doch heiraten! Ich habe immerhin ein reines Herz, und das sogar schriftlich, da wünsche ich der ganzen Welt das Allerbeste. Na ja, der *ganzen* Welt nun auch wieder nicht.

Ich fülle den Wasserkocher und schalte ihn an. Rimbaud legt sich neben seinen Napf, rührt ihn aber nicht an. Ich warte geduldig, bis das Wasser kocht, aber in diesem Moment höre ich ein Geräusch, das nicht an das Pfeifen eines Wasserkochers erinnert. Es klingt eher wie ein Rütteln. Ich höre genauer hin. Gerade als mir klar wird, dass es vom Fensterladen kommt, fängt mein Hund wieder an zu bellen.

Jemand versucht einzubrechen. Erschreckt reiße ich die Küchentür auf und schreie: »Wenn Sie nicht sofort aufhören, kriegen Sie es mit Alban und mir zu tun!«

Das Rütteln bricht ab. Zwischen Rimbauds Bellen ist Cédric Mahés Stimme zu hören.

»Alban ist gerade im Salon de thé von Mademoiselle Le Roy.«

»Und deshalb wollen Sie den Fensterladen aufbrechen?«, erwidere ich empört.

»Ich breche ihn nicht auf, Mademoiselle Beaumont, ich versuche, das Buch dahinterzuklemmen. Es soll Regen geben, dann können Sie es morgen früh unbeschadet herausholen.«

Dieser Typ weiß auf alles eine Antwort. Ich muss wohl deutlicher werden.

»Lassen Sie das, und verschwinden Sie endlich. Das Buch bringen Sie morgen vorbei.«

Mein Wasserkessel pfeift, Cédric verschwindet, und Rimbauds Bellen verwandelt sich wieder in krächzendes Husten.

»Keine Ahnung, was der Mann dir getan hat, aber du wirst ihn wohl nie ins Herz schließen«, seufze ich.

Mein Hund antwortet mit Jaulen. Ich schließe die Terrassentür und gieße den Tee auf. Während ich vor der dampfenden Flüssigkeit sitze, muss ich an Cédric Mahés Worte denken. Alban verbringt den Abend mit Angadrem Le Roy in ihrem Salon de thé. Wie romantisch … Ich bin so was von dämlich! Wenn das so weitergeht, dann stelle ich mir noch vor, dass dieser Typ Küsse an die Damen verteilt wie Bonbons! Schluss jetzt!

Als ich wieder in meinem Zimmer bin, schreibe ich eine lange SMS an ihn. Ohne das reine Herz.

Lieber Alban,

ich hoffe, du verbringst einen netten Abend mit deiner alten Freundin. Meiner war voller Überraschungen und ziemlich emotionsgeladen. Cédric Mahé kam vorbei. Im Grunde ist er richtig nett. Wir haben uns bestens unterhalten. Er interessiert sich für die Geschichte der Bretagne, da ist er bei mir natürlich genau richtig. Deshalb habe ich ihn eingeladen, morgen wiederzukommen, um gemeinsam mit mir die Bibliothek zu durchforsten.

Ich möchte dir für alles danken, was du für mich getan hast. Danke für deine Arbeit im Garten, das hätte ich alleine nie geschafft. Ich bin deinem Vorschlag gefolgt und habe Erika gepflanzt und Rasensamen ausgesät. Der Regen und die Sonne kümmern sich um den Rest. Was das Anstreichen der Wände angeht, brauche ich dich nicht mehr. Cédric Mahé hat mir seine Hilfe angeboten.

Ich wünsche dir weiterhin viel Spaß.

Jade

Auch wenn es dämlich klingt – diese Nachricht zu schreiben, hat mir gutgetan. Ich schlafe zufrieden ein.

27

Donnerstag, 8. Juli

Diese Villa steckt voller Geheimnisse, kaum hat man eins gelüftet, taucht das nächste auf. Was verbirgt sich hinter der eisenbeschlagenen Tür? Ich werde den Teufel tun, Alban von meiner Entdeckung zu erzählen. Und Cédric Mahé geht mir gewaltig auf den Wecker. So eine Nervensäge!

Die Zufriedenheit war nur von kurzer Dauer. Ich schlief zwar schnell ein, wurde aber von Albträumen heimgesucht. Ich wurde vom Totengott Anubis mit Dackelkopf vor das Gericht des Osiris gezerrt, wo ich vor allen anwesenden zweiundvierzig Totenrichtern beichten musste. Hinterher war ich total erschöpft und hatte fürchterliche Kopfschmerzen!

Ich konnte noch so laut versichern, dass ich nicht in Alban verknallt bin, niemand glaubte mir. Der ibisköpfige Gott Thot war der Schreiber und wie Angadrem Le Roy gekleidet. Seinen Bericht verfasste er mit roter Tinte. Seine manikürten Finger kratzten über den Papyrus.

»Schuldig!«, verkündeten die beiden Maat-Göttinnen, deren Haare mit einer Straußenfeder geschmückt waren. »Dreht sie durch den Fleischwolf!«

Sofort danach kam Ammit mit dem Körper eines Flusspferds, den Pranken eines Löwen und dem Kopf eines Krokodils und stürzte sich auf mich. Mit zerzausten grauen Haaren und der runden Brille hatte sie eine gewisse Ähnlichkeit mit der Postbeamtin. Zum Glück wachte ich in dem Moment auf, als sie ihre messerscharfen Zähne in mein Fleisch graben wollte. Ich war schweißgebadet und zitterte am ganzen Körper. Wenn ich gewusst hätte, dass Kamillentee eine solche Wirkung auf mich hat, hätte ich ihn lieber nicht getrunken!

Obwohl es schon ziemlich spät ist, liege ich immer noch im Bett. Ich traue mich nicht aufzustehen. Vielleicht sollte ich die Rollläden öffnen? Das Tageslicht würde die Dämonen der Nacht vertreiben. Rimbauds vorwurfsvolles Jaulen bringt mich schließlich in Bewegung. Ziel ist das Bad. Dann werde ich frühstücken. Danach bleibt immer noch Zeit, die Geheimtreppe zu erforschen.

In der Küche halte ich inne. Aber es hilft nichts, mein Hund muss dringend raus. Nachdem er sein Trockenfutter mit Rindfleischgeschmack gefressen hat, kratzt er an der Terrassentür.

Mein nächtlicher Albtraum lässt mich nicht los. Ich sehe mich immer noch zusammengekrümmt in einer Waagschale sitzen, während ein hagerer bleicher Diener auf die andere Lakritzbonbons legt. An sein Gesicht kann ich mich nicht erinnern, aber es kommt mir so vor, als würde er hinken. Ob es Cédric Mahé ist? Egal, das ist nur ein böser Traum, der mit der Wirklichkeit nichts zu tun hat, sage ich mir.

»Wuff, wuff!«, Rimbaud ist immer noch ein bisschen heiser.

»Schon gut, ich mach ja auf.«

Während die Sonnenstrahlen die Küche in goldenes Licht tauchen, rennt mein Hund in den Garten. Ich setze mich an den Tisch und frühstücke, dabei lasse ich die geöffnete Terrassentür nicht aus den Augen. Glyzinienduft strömt herein und mischt sich mit dem Kaffeearoma. Ich gönne mir die restlichen Crêpes von gestern und streiche Erdbeermarmelade darauf, dabei betrachte ich meine frisch gepflanzten Hortensien, Azaleen und Rhododendren. Gute Arbeit, sie stehen noch immer. Selbst die Kamelien, die mir großes Kopfzerbrechen bereitet haben, sehen richtig gut aus. Ihre taufeuchten Blätter glänzen in der Sonne. Ich kann mir vorstellen, wie wunderbar sie aussehen werden, wenn sie in voller Blüte stehen! Die weiche Erde ist mit Pfützen bedeckt, in denen sich die Sonne spiegelt. Bei diesem Anblick fasse ich wieder Mut. Heute könnte ich Bäume ausreißen. Warum nicht damit anfangen, die Küche zu streichen?

»Guten Tag, Mademoiselle Beaumont«, eine Stimme lässt mich zusammenzucken.

Zwischen den Büschen taucht die hoch aufgeschossene, magere Gestalt Cédric Mahés auf. Sein Anblick irritiert mich, und ich stehe rasch auf.

»Sie schon wieder? Sie geben einfach keine Ruhe, was?«, blaffe ich ihn an und greife nach meiner Taschenlampe.

»Wenn ich mir etwas in den Kopf setze, dann bringe ich das auch zu Ende.«

»Das sehe ich.«

»Ich bringe Ihnen wie versprochen das Buch zurück«, fährt er fort.

»Legen Sie es auf den Tisch«, sage ich und füge in Gedanken hinzu: *Und jetzt hau ab!*

»Zu einer Tasse Kaffee würde ich nicht Nein sagen.«

Er zieht seine Jacke aus, setzt sich und fixiert meine Kaffeemaschine. So eine Unverschämtheit!

»Eine schöne Villa haben Sie da.«

Ich nicke und gieße ihm eine Tasse Kaffee ein. Hoffentlich lässt er mich danach in Ruhe. Dieser Typ ist mir unangenehm. Seine schwarzbraunen Knopfaugen schweifen durch die Küche, während er an seinem Kaffee nippt.

»Und geheimnisvoll. Ich bin sicher, da kann man das eine oder andere entdecken ...«

»Das ist ein ganz gewöhnliches Haus«, antworte ich knapp.

»Das glaube ich nicht. Von außen gesehen wirkt es riesig, aber innen eher klein. Bestimmt gibt es hier geheime Räume.«

»Woher wollen Sie das wissen?«

»Ich bin ein guter Beobachter, Mademoiselle Beaumont. Als ich mit der Bürgermeisterin hier war, habe ich mir einen Eindruck verschafft.« Er trinkt noch einen Schluck.

»Ich kenne das Haus inzwischen gut, Monsieur Mahé, und ich versichere Ihnen, hier gibt es keine Geheimnisse.«

»Na, na, na, Mademoiselle Beaumont! Nehmen wir nur mal die Bibliothek, dort stehen wahre Schätze. Einige der Bücher sind mehr als dreihundert Jahre alt und garantiert ein kleines Vermögen wert. Und was den Dachboden angeht … die altägyptische Sammlung sucht ihresgleichen, daran habe ich keinen Zweifel.«

Er lächelt mich selbstgefällig an. Sein Gesicht wirkt plötzlich breit und sieht gar nicht mehr so freundlich aus.

»Die Sammlung enthält wahre Schätze, die Totenmasken sind von unermesslichem Wert, fast so kostbar wie die von Tutanchamun. Ganz zu schweigen von den Amuletten …«

Während er die von ihm bewunderten Sammlerstücke aufzählt, läuten in meinem Kopf die Alarmglocken. Ein Erlebnis aus der jüngsten Vergangenheit kommt mir in den Sinn, und mir läuft es eiskalt den Rücken herunter. Ich versuche, mich zu konzentrieren, zum Glück plaudert mein Gegenüber munter weiter, und ich habe Zeit, mich zu sammeln.

Vor meinem inneren Auge sehe ich, wie ich Anne Drésin die Tür öffne, letzten Freitag nach dem Mittagessen. Ich lerne Cédric Mahé kennen, ihren Praktikanten. Wir setzen uns ins Wohnzimmer. Ich gehe einige Minuten in die Küche, um Kaffee zu machen. Wir trinken eine Tasse Kaffee und essen die Pralinen dazu, die sie mitgebracht haben. Dann zeige ich ihnen die Bibliothek. Cédric Mahé hält sich die ganze Zeit mit den Büchern über die Geschichte der Bretagne auf.

Ich erinnere mich nicht, dass ich ihnen die anderen Räume gezeigt habe. Cédric Mahé war nur im Erdgeschoss, weder im ersten Stock noch auf dem Dachboden.

»Woher wissen Sie so viel über die Ägyptensammlung? Ich habe sie Ihnen gar nicht gezeigt.«

Keine Reaktion. Cédric Mahé presst die Lippen aufeinander und knirscht mit den Zähnen. Ein Geräusch, das mir durch Mark und Bein geht. Er antwortet nicht.

»Sie waren es, der bei mir eingebrochen ist. Sie haben den Draht über die Treppenstufe gespannt!«

»Sie haben eine blühende Fantasie, Mademoiselle Beaumont.«

»Ich habe vor allem Beweise. Seit der Prügelei mit Alban Landrec humpeln Sie. Ihnen gehört die Lakritzdose, die wir gefunden haben. Madame Morvan hat mir verraten, dass Sie eine Schwäche dafür haben. Und mein Hund hasst Sie …«

Ich halte inne. Warum bellt Rimbaud nicht? Er hätte meinen Besucher längst erkannt haben müssen. Das verheißt nichts Gutes.

»Rimbaud!«, rufe ich und springe auf, um in den Garten zu eilen. »Rimbaud! Wo bist du?«

An einer Hausecke entdecke ich einen Fellhaufen, ich eile darauf zu. Das ist tatsächlich mein Hund! Er liegt regungslos auf dem Rücken, die Augen sind geschlossen, die Vorderpfoten liegen auf seinem Bauch, die Hinterpfoten sind in Richtung Himmel ausgestreckt. Mir schießen Tränen in die Augen. Zitternd vor Angst knie ich mich neben ihn und streiche über seinen weichen Körper. Sein Herz schlägt. Er atmet.

Lass ihn nur in Ohnmacht gefallen sein, bitte! Ich hebe ihn vorsichtig hoch. Er wimmert leise. Wut kocht in mir hoch. Es kann nur einen einzigen Menschen geben, der dafür verantwortlich ist. Jetzt ist meine Wut stärker als meine Angst.

»Hören Sie doch mal, diese Stille«, flüstert Cédric Mahé, der neben mir steht und dessen Atem nach Kaffee riecht, »finden Sie das nicht auch entspannend?«

Ich drücke Rimbaud an mich und weiche zurück. Von diesem Menschen geht etwas Bedrohliches aus.

»Was haben Sie mit meinem Hund gemacht?«, presse ich hervor.

»Sein Bellen stört die Ruhe, ich habe ihm ein Schlafmittel gegeben. Jetzt ist es besser, oder?«

»Sie sind ja verrückt.«

Ich drehe mich um und will in die Küche fliehen, um mich dort einzuschließen. Aber Cédric Mahé gelingt es, einen Fuß in die Tür zu stellen. Er schubst mich ins Haus. Ich schluchze auf, als er mir Rimbaud aus den Armen reißt. Ich bin wie gelähmt. Dann stürzt er sich auf mich, zwingt mich zu Boden, drückt sein Knie auf meine Brust und legt die Hände um meinen Hals.

»Hören Sie auf … bitte …«, mir tut alles weh.

Ich zappele wie wild, doch er drückt immer fester zu. Meine Augen und meine Lungen brennen, ich kriege kaum noch Luft.

»Glauben Sie mir, ich habe gar nichts gegen Sie persönlich, Mademoiselle Beaumont«, sein Mund verzieht sich zu einem selbstzufriedenen Grinsen, »aber Sie stören meine Pläne. Ich will diesen Schatz, und ich werde …«

Wenn ich mich doch nur an den Krav-Maga-Kurs erinnern könnte, den ich in England gemacht habe! Die Hebeltechnik, Schläge auf den Solarplexus … Mein Gehirn hat sich in Pudding verwandelt. Tiefe Dunkelheit hüllt mich ein. Ich werde bald sterben, erwürgt von einem Typen, dem ich Kaffee angeboten und Bücher ausgeliehen habe.

»Wenn dein Herz und deine Zunge verbunden sind, dann wird dir alles gelingen«, sagte Amenophis.

»Dein Herz ist rein genug, um die Herausforderungen zu meistern, die auf Dich warten«, schrieb Tante Aglaé.

Da habe ich meine Zweifel. Gut gemeinte Ratschläge, aber alles Quatsch!

28

Als ich wieder zu mir komme, erkenne ich Albans Gesicht, der sich über mich beugt. Bin ich im Paradies? Seine magnetischen grünen Augen ruhen sorgenvoll auf mir.

»Jade! Ist alles in Ordnung?«

»Bin ich tot?«

Er lacht nervös und streicht mir mit der Hand übers Haar. Ich bin zu Tränen gerührt.

»Nicht weinen, Jade. Du lebst noch«, sagt er mit ernster Stimme.

Dem Himmel sei Dank, er hat recht! Den Toten tut nichts weh, oder? Jedes Mal, wenn ich schlucke, brennt mein Hals wie Feuer. Ich muss am Leben sein.

»Und Rimbaud?«

»Er schläft. Mach dir um ihn keine Sorgen.«

»Woher weißt du das?«

»Ich habe ihn untersucht, er atmet normal, und er ist nicht verletzt«, er lächelt mich mitfühlend an. »Glaub mir, Jade, du kannst mir vertrauen. Ich lüge nicht.«

Wirklich? Ganz überzeugt bin ich nicht. Ich richte mich mühsam auf. Mein Hund liegt unter einem Stuhl, dort, wo mein Angreifer ihn abgelegt hat. Ich versuche, auf die Füße zu kommen, aber Alban hält mich davon ab.

»Bleib liegen, beweg dich ganz langsam.«

»Wo ist Cédric Mahé? Er hat versucht, mich zu erwürgen. Zum Glück bist du rechtzeitig gekommen.«

»Der ist außer Gefecht. Ich habe das Schwein ausgeknockt«, sagt er mit finsterer Miene, »und die Polizei in Quimper angerufen. Sie sind gleich da. Bald sind wir diesen …«

Er hält inne. So, wie er die Lippen aufeinanderpresst, ahne ich, dass ihm ein wirklich übles Schimpfwort auf der Zunge liegt. Aber wo ist Cédric nur? Ich mache mich lang, kann ihn jedoch nirgends entdecken. Dafür dröhnt mir der Kopf, und mir ist schwindlig.

»Wo ist er?«, stammele ich.

»Im Flur. Ich habe ihn mit der Schnur gefesselt, die ich in einer Schublade gefunden habe. Sehr stabil, er kann nicht fliehen.«

»Wolltest du mich … retten?«

Er streicht mir wieder übers Haar und erzählt, dass er meine Nachricht ziemlich beunruhigend fand. Interessant. Die berühmte SMS, in der ich ihm schrieb, dass ich ihn nicht mehr brauchte, weil mir Cédric Mahé helfen würde.

Nach gründlichen Recherchen ist ihm klar geworden, dass der Typ, mit dem er sich geprügelt hatte, niemand anderes sein konnte als Anne Drésins Praktikant.

»Hat die Postbeamtin dich darauf gebracht? Wegen der Lakritzdose?«

Er sieht mich überrascht an. »Woher weißt du das?«

»Ich habe sie auch befragt. Sie hat mir erzählt, dass du Lakritz gekauft hast.«

Er nickt und streicht weiter über mein Haar. Das fühlt sich so gut an ... Ich werde ihn nicht mehr unterbrechen, versprochen!

»Ich habe ihr gesagt, er sei mein Freund, und sie hat ein bisschen geplaudert. So habe ich erfahren, dass er bei ihr wohnt, jede Nacht irgendwo unterwegs ist und eine Leidenschaft für Kaffee und Lakritz hat.«

»Gut gemacht! Aber das erklärt noch nicht, wie du ins Haus gekommen bist und mich gerettet hast.«

»Wie schon gesagt, ich habe die SMS gelesen, und mir war klar, dass Mahé heute die Gunst der Stunde nutzen würde. Ich bin durch den Garten gekommen, die Küchentür stand offen, und als ich sah, wie er gerade ...«

Er schließt die Augen und seufzt tief.

»Ich hatte Glück, dass ich es noch rechtzeitig geschafft habe«, beschließt er den Satz und sieht mich mit seinen großen grünen Augen an.

»Du meinst, ich hatte Glück.«

Er nickt mit ernster Miene, während ich trotz meiner Schmerzen lächele. Seine Reaktion lässt mich überrascht aufseufzen. Er umfasst meine Schultern und zieht mich an sich. Ich wehre mich nicht. Dann wiegt er mich behutsam hin und her. Ich halte die Luft an.

»Ich bin ja so froh, dass du am Leben bist«, flüstert er.

»Ich auch.«

»Eines musst du noch wissen. Ich verbringe meine Abende nicht mit Angadrem. Nur gestern bin ich länger geblieben, weil ich die Neonleuchten installiert habe. Danach bin ich nach Hause gegangen und sofort eingeschlafen.«

Ich hätte ihm gestehen können, dass mein Abend mit Cédric Mahé ein einziger Flop war, aber das lasse ich bleiben. Beim Sprechen tut mir der Hals weh. Außerdem klingelt es an der Tür.

»Die Polizei?«, frage ich mit heiserer Stimme.

»Zu früh, wahrscheinlich ist es der Arzt. Oder sein Bruder, Anne Drésins Mann. Oder mein Onkel. Ich habe allen Bescheid gesagt, sie werden uns unterstützen. Leg dich wieder hin, ich mache die Tür auf.«

29

Mittwoch, 14. Juli

Das Leben ist manchmal furchtbar mühsam. Aber ich will mich nicht beschweren: Immerhin bin ich noch in der Lage, darüber reden zu können!

Die letzten Tage waren hektisch. Ich habe viel Zeit bei der Polizei in Quimper verbracht. Die für mich zuständigen Beamten haben mich intensiv befragt. Wenn ich die Wahl gehabt hätte, dann hätte ich lieber ein Formular MC113 ausgefüllt! Sie wollten alles wissen, von meinem Tagesablauf bis zu einer detaillierten Beschreibung meiner Beziehung zu Cédric Mahé. Ich habe ihnen gesagt, dass ich ihn kaum kenne. Was ja der Wahrheit entspricht.

Ich hätte ihnen auch von dem vermeintlichen Schatz erzählen können. Immerhin war das Cédric Mahés Rechtfertigung für seine Taten. Aber das habe ich mir verkniffen, weil ich das Gefühl hatte, damit schlafende Hunde zu wecken. Diese fixe Idee hat meiner Meinung nach schon zu viel Leid verursacht. Seit Cédric Mahé hinter Gittern sitzt, bin ich beruhigter. Es gibt gleich mehrere Anklagen gegen ihn: Mordversuch, Giftanschlag, Einbruch und so weiter und so fort. Bis er wieder aus dem Gefängnis kommt, dürfte ich die Villa verkauft und Foisic längst den Rücken gekehrt haben. Da er nichts gegen mich persönlich hat, wird er mich zukünftig in Ruhe lassen.

Rimbaud scheint keine bleibenden Schäden davongetragen zu haben. Seine gute Laune ist zurückgekehrt, seine Leidenschaft für das »Wirf das Stöckchen«-Spiel auch. Er hatte großes Glück. Wenn er alle Frikadellen gefressen hätte, die Cédric Mahé im Garten verteilt hatte, wäre er nicht mehr am Leben. Allein der Gedanke lässt mich erschaudern. Ein Hoch auf das Trockenfutter mit Rindfleischgeschmack, das er kurz zuvor gefressen hatte! Dadurch war sein Hunger gestillt.

Das ganze Städtchen nimmt regen Anteil an meinem Schicksal. Ich habe fast ständig Besuch. Das Wort »Solidarität« hat eine ganz neue Qualität bekommen. Selbst Angadrem Le Roy hat sich dazu herabgelassen, an meiner Tür zu klingeln, um sich zu vergewissern, dass es Juliette wieder besser geht. Sie hat über Dritte von meinem Zustand erfahren, was ihr offensichtlich nicht gefallen hat.

Christine Morvan hat sich auf ein Telegramm mit guten Wünschen beschränkt. Mehr könne ich von ihr nicht erwarten, hat mir Anne Drésin erklärt. Sie selbst allerdings hat sich ständig bei mir entschuldigt. Es tue ihr furchtbar leid, mir ihren Praktikanten vorgestellt zu haben.

Die Damen des Wohltätigkeitsvereins haben mich mit Kuchen und Süßigkeiten förmlich überhäuft, was meiner Figur bestimmt nicht gutgetan hätte. Doch da mein Hals noch immer schmerzt, bekomme ich kaum etwas herunter. Sylvie Landrec hat mich daraufhin jeden Abend zum Essen eingeladen. Da konnte ich nicht Nein sagen.

Gestern war ich allerdings bei Véronique Guillerm, der Schatzmeisterin, zum Abendessen eingeladen. Ihre anstrengenden Zwillinge haben mir nicht nur den Appetit verdorben, sondern auch den Wunsch in mir erstickt, irgendwann eigene Kinder zu haben. Die Sache mit dem Reagenzglas und der Plastikspinne werde ich jedenfalls nicht so schnell vergessen. Als ich sie in meinem Teller mit Fischsuppe gefunden habe, bin ich vor Schreck vom Stuhl aufgesprungen!

Corentin ist jeden Nachmittag vorbeigekommen. Ich bin mir nicht sicher, wie viel er über den Einbruch und seine Folgen weiß, seine Großeltern und sein Onkel haben ihm bestimmt nichts erzählt. Was wirklich passiert ist, muss er von anderer Stelle erfahren haben. Hoffentlich hat ihn die ganze Sache nicht zu sehr mitgenommen. Glücklicherweise macht er einen durchaus aufgeweckten Eindruck. Er kümmert sich rührend um Rimbaud und hat sich wieder in einen Detektiv verwandelt. Undercover natürlich. Er hat die Ermittlungen der Polizei vor Ort verfolgt und so viele Fragen gestellt, dass er einen der Beamten fast um den Verstand gebracht hätte.

Ob er noch an das Kästchen denkt? Bisher habe ich niemandem erzählt, dass es mir gelungen ist, es zu öffnen. Um nicht für zusätzliche Unruhe zu sorgen, habe ich es zwischen meiner Unterwäsche versteckt, zusammen mit dem goldenen Schlüssel von Großtante Aglaé. Bevor ich weitere Schritte unternehme, warte ich lieber, bis sich die Situation wieder beruhigt hat.

Alban hat in den vergangenen Tagen durch Abwesenheit geglänzt. Ich habe ihn kein einziges Mal gesehen. Und wenn ich seinem Neffen glauben kann, war er auch nicht im Salon de thé. Niemand weiß, wo er steckt.

Dieser 14. Juli ist ganz anders als sonst. Normalerweise verbringe ich den Nationalfeiertag mit meinen alten Klassenkameraden aus dem Gymnasium auf dem Montmartre und schaue mir das Feuerwerk an. Aber das beschauliche Foisic kommt mir heute gerade recht, ich brauche Ruhe. Gourcuff wird nicht vor Ende des Monats wieder bei mir auftauchen. Er glaubt, dass ich immer noch am Streichen bin. Wahrscheinlich hat er von dem ganzen Tohuwabohu in der Villa nichts mitbekommen. Hoffe ich jedenfalls. Und noch eine gute Nachricht: Meine Mutter hat endlich eingesehen, dass ich dieses Praktikum im Louvre nicht antreten werde. Hoffentlich hält sie sich auch in Zukunft aus meinem Leben heraus. Wahrscheinlich nicht. Aber was soll's! Heute ist schönes Wetter, kein Wölkchen trübt den Himmel, und ich bin entschlossen, diesen Tag zu genießen.

Auf dem Platz vor dem Rathaus sind eine Bühne und eine riesige Videowand aufgebaut. Während des Umzugs und der anschließenden Veranstaltungen werden einige Musikgruppen aus der Umgebung spielen. Sylvie hat mich überzeugt, an einem der Events teilzunehmen, deshalb habe ich mich für den Wettbewerb um den besten hausgemachten Kuchen angemeldet. Meine Aprikosentarte gibt ein erbärmliches Bild ab, die Früchte sind beim Backen zusammengefallen. Damit habe ich garantiert keine Chance. Als ich das Haus verlasse, habe ich das Gefühl, den Gang zum Schafott anzutreten.

Die Sonne strahlt, auf dem Platz haben sich bereits eine Menge Leute versammelt. Schon von der Treppe aus kann ich sehen, dass an den Ständen letzte Vorbereitungen getroffen werden. Viele einheimische Frauen haben Bigoudènes aufgesetzt, zylinderförmige weiße Kopfbedeckungen von beeindruckender Höhe. Ich bin überrascht, wie viele junge Frauen in Tracht dabei sind, zu der bretonischen Haube tragen sie ein schwarzes langes Kleid und eine strahlend weiße Spitzenschürze. Mein geblümtes rosa Kleid wirkt da etwas unpassend.

Auf der Bühne hat sich eine Gruppe Blechbläser aufgebaut und intoniert die *Star-Wars*-Melodie, während sich zwei Jedi-Ritter einen Kampf mit Laserschwertern liefern. Mit meiner Aprikosentarte in der einen und Rimbauds Leine in der anderen Hand will ich mich gerade auf den Weg zum Kuchenstand machen, als wie aus dem Nichts Alban auftaucht, mit Corentin im Schlepptau.

»Hast du eine Minute, Jade?«, fragt er, völlig außer Atem. »Ich muss mit dir reden.«

Ohne die Antwort abzuwarten, öffnet er das Gartentor und steht in meinem Vorgarten.

»Zufällig ja. Hallo«, antworte ich und versuche, betont gleichgültig zu klingen.

»Rimbaud!«, ruft sein Neffe. »Du siehst ja toll aus!«

Mein Dackel reagiert auf das Kompliment mit freudigem Bellen und hüpft wie verrückt herum. Mit fatalen Folgen: Er reißt sich mitsamt der Leine los und springt an Corentin hoch, die Aprikosentarte kann Alban gerade noch auffangen. Besser sieht sie jetzt nicht aus.

»Lass uns reingehen, Jade«, drängt er, »ich muss dir etwas Wichtiges sagen.«

»Ist das wirklich so eilig? Wenn ich jetzt nicht rübergehe, verpasse ich den Kuchenwettbewerb.«

Er wirft einen zweifelnden Blick auf meine Tortenkreation. Als ich sein spöttisches Lächeln sehe, bekomme ich Mordfantasien.

»Die da? Damit brauchst du gar nicht anzutreten. Und ja, es ist dringend.«

»Die Torte meiner Großmutter sieht viel besser aus«, Corentins Kommentar gibt mir den Rest.

»Vielen Dank für eure moralische Unterstützung, Jungs!«, erwidere ich zerknirscht. »Wenn das so ist, dann nehme ich lieber gar nicht erst teil. Kommt, wir setzen uns.«

Alban und sein Neffe nicken synchron und nehmen Platz. Die haben doch was vor! Aber wenn sie glauben, auch noch bewirtet zu werden, haben sie sich getäuscht.

Nach einer Weile habe ich mich wieder beruhigt und biete ihnen etwas zu trinken und ein Stück von dem Kuchen an, den mir Madame Prigent vorbeigebracht hat. Ich kenne die Mutter des Anstreichers erst seit gestern, eine freundliche und zuvorkommende Frau, und ihr Kuchen ist ein Gedicht. Viel besser als meiner.

»Lässt du uns deine Tarte nicht probieren?«, fragt Alban mit ironischem Grinsen.

»Vergiss es«, kontere ich. »Also? Was ist denn so superwichtig?«

»Du kannst die Villa nicht verkaufen …« Bevor er weitersprechen kann, fällt ihm Corentin ins Wort.

»Erst müssen wir den Schatz finden.«

»Ja, genau, danach hat Cédric Mahé gesucht«, fährt Alban fort.

»Den Schatz gibt es doch gar nicht, das hast du selbst gesagt, Alban«, widerspreche ich.

»Na klar gibt es ihn!«, Corentin lässt nicht locker.

»Wuff!«, bellt Rimbaud. Das klingt nach Zustimmung.

»Ich habe Beweise«, sagt Alban und zieht ein Notizbuch aus der Tasche. »Das gehört Mahé.«

Ich greife danach und blättere es durch. Es ist voller Anmerkungen und Skizzen.

»Das ist doch alles Quatsch!«

»Ich habe es mir gründlich angesehen, das ergibt alles Sinn«, sagt Alban.

»Na gut. Und wo hast du es entdeckt?«

»Bei der Postbeamtin, im Zimmer, in dem Mahé gewohnt hat. Ich habe sie davon überzeugt, mich dort suchen zu lassen. Die Polizei war zwar schon vorher da, hat das Notizbuch aber nicht gefunden. Mahé hatte es zusammengerollt in einem Fuß seines Bettgestells versteckt. Ein uralter Trick! Er hat darin alles festgehalten, was für seine Suche nach dem Schatz von Bedeutung war. Sein erster nächtlicher Besuch in diesem Haus war am Freitag, dem 2. Juli …«

»Der Tag, an dem Anne Drésin ihn mir als Praktikanten vorgestellt hat!«, unterbreche ich ihn.

»Und einen Tag, bevor du den Draht an der Treppe entdeckt hast«, fügt er hinzu und deutet auf Corentin. »Er weiß Bescheid.«

»Oh ja, ich weiß alles!«, sagt Corentin stolz.

»Um auf Mahé zurückzukommen. Er ist fast jede Nacht im Haus gewesen, jedenfalls so lange, bis wir den Zugang zum Vorratsraum verschlossen haben.«

»Das verstehe ich nicht, warum hat er das Haus nicht durchsucht, bevor ich nach Foisic gekommen bin? Da wäre es leer gewesen, und niemand hätte ihn gestört.«

»Im Notizbuch steht, dass er das Praktikum im Rathaus nur gemacht hat, um den Schatz zu finden. Und er brauchte nicht lange, bis er auf die unterirdischen

Zugänge stieß. So konnte er mehrere Häuser durchsuchen, ohne dass die Bewohner etwas merkten. Nach einem Monat fruchtloser Suche hat er die Hoffnung fast aufgegeben. Aber eines der Bücher, das du ihm am 2. Juli ausgeliehen hast, ließ ihn neuen Mut fassen. Dort fand er den Plan des Tunnelsystems, das ihn bis zu deinem Haus geführt hat. Schnell wurde ihm klar, dass es geheime Räume geben musste. Und geheime Zugänge dorthin.«

»Und dann? Das alles beweist ja noch nicht, dass es in meinem Haus einen Schatz gibt.«

»Nicht im Haus, aber darunter!«, ruft Corentin dazwischen.

»Wuff!«

»Ich glaube nicht, dass er sich das nur eingebildet hat. Erinnerst du dich an die Tür mit den Eisenbeschlägen in deinem Schlafzimmer?«, fragt Alban.

»Wie könnte ich die vergessen? Ich habe sie Tag und Nacht vor Augen.«

»Und wenn sie zu dem Geheimgang führt, den Mahé beschrieben hat?«

»Gut, ihr habt gewonnen. Ich gebe auf. Kommt mit, ich möchte euch etwas zeigen.«

30

Während wir die Treppen hinaufsteigen, erkläre ich den beiden, wie ich den Code für das Schloss des Kästchens geknackt habe.

»Rote Buchstaben!«, sagt Corentin anerkennend. »Darauf wäre ich nie gekommen.«

»In dem Kästchen habe ich einen Brief meiner Großtante und einen Schlüssel gefunden.«

»Ich wette, damit kann man die Tür in deinem Zimmer öffnen«, meint Alban.

»Ganz genau.«

Ich führe die beiden ins Schlafzimmer. Rimbaud und Corentin beziehen vor der eisenbeschlagenen Tür Position, ich gehe zur Kommode.

»Augen zu!«

»Warum? Hast du Angst, dass wir deine Unterhosen sehen?«, fragt Alban mit spöttischem Grinsen.

»Mach dich nur lustig.«

»Augen zu, Rimbaud«, sagt Corentin, »Jade möchte nicht, dass wir sie beobachten.«

Während Corentin sich umdreht, verschränkt Alban die Arme vor der Brust und lehnt sich lässig gegen die Wand. Er beobachtet mich ganz genau. Das Glänzen in seinen Augen lässt meine Alarmglocken läuten. Ich darf mich auf keinen Fall von seinem Charme einwickeln lassen. Ich drehe ihm den Rücken zu, beuge mich nach unten und wühle in der unteren Schublade herum. Als ich wieder auftauche, steht er plötzlich hinter mir und nimmt mir den Brief aus der Hand.

»Darf ich den lesen?«

Ohne meine Antwort abzuwarten, faltet er das Blatt auseinander.

»Können wir jetzt wieder gucken?«, fragt Corentin.

»Ja, könnt ihr.«

»Oh, der Schlüssel ist ja aus Gold!«

»Ich glaube nicht. Vorsicht, Corentin, bevor du die Tür aufmachst, musst du die Hundeleine gut festhalten. Ich glaube, dahinter führt eine Treppe nach unten, und ich möchte nicht, dass Rimbaud sich …«

»Deine Großtante spricht von Herausforderungen«, unterbricht Alban, »vielleicht sollten wir uns besser ausrüsten, bevor wir runtergehen.«

»Was meinst du damit?«

»Wenn es wirklich eine Treppe ist, dann führt sie bestimmt in das Tunnelsystem unter Foisic. Wir brauchen warme Kleidung, Lampen, Seile und …«

»… und wir müssen auf Ebbe und Flut achten«, gibt Corentin zu bedenken.

»Stimmt. Deshalb müssen wir alles tun, damit …«

Alban hält plötzlich inne und wirft mir einen alarmierten Blick zu. Ich weiß genau, was er meint.

»… uns nicht das Gleiche passiert wie meinen Eltern und wir ertrinken«, beendet Corentin den Satz.

»Das wird nicht geschehen. In diese Falle tappen wir nicht, wir sind vorsichtig.«

»Es wird kein ›wir‹ geben«, sagt sein Onkel knapp. »Du kommst nicht mit.«

»Na klar komme ich mit.«

»Wuff!«

»Auf keinen Fall, Corentin. Du bleibst hier. Ende der Diskussion.«

»Moment mal, ganz ruhig, ihr zwei«, schalte ich mich ein. »Ich möchte euch daran erinnern, dass der Schlüssel, die Tür, die Treppe und das Haus mir gehören. Und deshalb entscheide ich, wer mitkommt und wer nicht.«

»Das Tunnelsystem gehört aber nicht dir, soweit ich weiß. Corentin wird keinen Fuß durch diese Tür setzen.«

»Bitte, bitte, lass mich mitkommen«, bettelt Corentin, »ich werde besonders vorsichtig sein, sag das meinem Onkel.«

»Alban, hör mal, was hältst du von einem Kompromiss? Corentin kann mitkommen, wenn er meinen Anweisungen gehorcht.«

»Oh ja, ich werde alles tun, was du sagst, versprochen.«

»Wuff!«

»Und warum sollte mich das umstimmen?«, fragt Alban.

»Weil ich dir verspreche, dass ich Corentin bei der geringsten Gefahr zurückschicke.«

Nach langem Schweigen blickt Alban uns beide streng an. Corentin hält den Atem an. Ich mache mir Vorwürfe. Warum muss ich mich in eine Angelegenheit mischen, die mich nichts angeht? Ist das wirklich eine gute Idee? Und wenn die Sache doch gefährlicher wird, als ich mir vorgestellt habe? Nein, das kann nicht sein. In ihrem Brief hat Aglaé geschrieben, dass sie mich für ihre würdige Nachfolgerin hält. Warum sollte sie mir Böses wollen? Außerdem hat sie versprochen, mich von Osiris' Reich aus zu beschützen.

»Komm schon, Alban. So gefährlich ist es nicht«, dränge ich und kassiere einen vorwurfsvollen Blick. »Glaubst du wirklich, meine Großtante würde uns in eine Falle locken?«

»Gut, er kommt mit. Aber er wird tun, was ich sage.«

»Juchu!«

»Wuff!«

»Können wir jetzt die Tür aufschließen?«, drängt Corentin.

»Noch nicht«, bremst sein Onkel, »die nächste Ebbe ist um fünfzehn Uhr. Davor gehen wir nicht los.«

Da der Chef gesprochen hat, beschließe ich zu schweigen.

Immerhin ist er Bretone und weiß genau, welche Tücken das Meer haben kann!

31

Mittwoch, 14. Juli, 14 Uhr 47

Das große Abenteuer beginnt… wir wagen uns in die feuchte, stickige Unterwelt!
   Und das alles, um nach einem Schatz zu suchen, den es vielleicht gar nicht gibt. Unglaublich!

Fünf Stunden später stehen wir in meinem Schlafzimmer, mit Rucksäcken und in Wanderausrüstung. Zur selben Zeit beginnt im Ort die große Feier! Aber nach Feiern ist uns nicht zumute, zumindest noch nicht. Nur mein Hund scheint sich zu freuen.

»Still, Rimbaud!«, befiehlt Corentin.

»Alle bereit?«, frage ich und stecke den Schlüssel ins Schloss. »Halt die Leine gut fest, Corentin, ich öffne jetzt die Tür.«

Ich drehe mich noch mal um. Alban umklammert die Taschenlampe und starrt gebannt nach vorn. Corentin hat alle Hände voll zu tun, meinen euphorischen Dackel zu bändigen, der mit heraushängender Zunge hechelnd am Boden sitzt. Als ich gerade den Schlüssel umdrehen will, bemerke ich, dass Corentin das *Ägyptische Totenbuch* an seine Brust gepresst hat.

»Warum hast du den Papyrus des Hunefer dabei? Den brauchen wir doch gar nicht.«

»Ganz im Gegenteil, der wird uns helfen, wenn es noch andere Rätsel zu lösen gibt.«

»Wuff!«

»Ich bin Corentins Meinung. Deine Großtante hatte eine besondere Vorliebe für Rätsel«, sagt Alban, »vor allem im Zusammenhang mit dem alten Ägypten.«

»Darauf wette ich«, bekräftigt sein Neffe.

»Wuff!«

»Wenn ihr meint. Und du, Rimbaud, hör auf, alles noch mal nachzuäffen, du bist doch kein Papagei, ich bitte dich.«

»Wuff!«, erwidert Alban, und ich muss das erste Mal an diesem Nachmittag lächeln.

»Sehr witzig.«

Nachdem ich die Tür geöffnet habe, schalte ich die Taschenlampe ein und leuchte ins Dunkel. Alban überholt mich und geht als Erster die Wendeltreppe nach unten. Sein Neffe und mein Hund folgen ihm, ich bilde das Schlusslicht. Die Stufen knirschen, ich hoffe, das Holz ist nicht morsch und kann unser Gewicht tragen!

»Ich glaube, dass diese Treppe direkt unter der Bibliothek entlangführt«, erklärt Alban, der damit die Frage beantwortet, die ich mir selbst gerade gestellt habe.

Weder Corentin noch ich gehen darauf ein, schweigend steigen wir weiter nach unten. Die Lichtkegel unserer Taschenlampen helfen uns, den Weg zu finden. Trotz der warmen Kleidung spüren wir, wie es immer kälter wird.

Als wir in einem Ziegelsteinrondell angekommen sind, stoßen wir auf fünf weitere Türen mit Eisenbeschlägen. Eine sieht aus wie die andere, identisch mit der, die ich mit dem goldenen Schlüssel geöffnet habe. Alban drückt jede Klinke. Ohne Erfolg, die Türen sind verschlossen.

»Wir kommen nicht mehr weiter«, stellt er entmutigt fest und fährt sich mit den Fingern durch das halblange Haar.

»Schaut mal, über den Türen ist etwas eingraviert!«, ruft Corentin.

Seine Stimme hallt durch den Raum, und ich leuchte mit der Taschenlampe auf die erste Tür. Auf einem steinernen Wappenschild ist ein Gnom mit einer langen Nase eingeritzt. Über der zweiten Tür ist ein ovales Alabasterschild mit einem Kobold zu erkennen, der eine Kerze ausbläst. Über der dritten sieht man einen gesichtslosen, über der vierten einen breit grinsenden Zwerg und über der fünften wiederum einen Zwerg mit drei finster dreinblickenden Gesichtern.

»Jetzt gilt es, die richtige Tür zu finden«, seufzt Alban und flucht leise.

»Und wir brauchen den passenden Schlüssel«, fügt Corentin hinzu.

»Wuff!«

»Bring Rimbaud zum Schweigen, er bellt so laut, dass sich noch Steine aus der Decke lösen«, zischt Alban gereizt.

Darum soll sich Corentin kümmern. Ich untersuche eine der Türen näher. Unglaublich, aber wahr: Auf dem Schloss ist ein Hund eingraviert. Spontan schießt mir ein Gedanke durch den Kopf. Ich stelle meinen Rucksack ab und wühle darin herum.

An meinem Schlüsselbund war doch der Hundeschlüssel, vielleicht hilft der uns weiter. Unter Albans aufmerksamem Blick stecke ich ihn ins Schloss. Er passt. Ich schließe auf, drücke die Klinke herunter und öffne die Tür einen Spalt breit. Eiskalter Wind bläst uns entgegen. Alban kommt auf mich zu und schließt die Tür wieder. Aus der Ferne ist ein dumpfer Knall zu hören.

»Verdammt! Durch den Luftzug ist die Tür oben zugefallen.«

»Aber wir können sie wieder öffnen, wenn nötig«, entgegne ich und halte den goldenen Schlüssel hoch.

»Dein Optimismus in allen Ehren. Aber was, wenn auf dieser Seite keine Klinke ist?«

Verdammt, daran hatte ich nicht gedacht!

»Fasst nichts mehr an, ich gehe der Sache auf den Grund.« Er reißt mir den goldenen Schlüssel aus der Hand und macht sich auf den Rückweg. Während ich verdrossen stehen bleibe, probiert Corentin auch die anderen Schlüssel aus.

»Der passt hier!«, ruft er begeistert.

»Hey, hast du deinen Onkel nicht gehört? Nichts anfassen.«

Ich versuche, ihn zurückzuhalten, aber schon ist er bei der nächsten Tür, auch hier klappt es. Gut, soll er doch ruhig alle Schlösser durchprobieren. Und er hat Erfolg.

»Das bringt uns zum nächsten Problem«, sinniere ich, »mit diesem Schlüssel lassen sich alle Türen öffnen.«

»Aber nur eine führt uns zum Schatz«, meint Corentin. »Wir müssen die richtige finden.«

»Und welche soll das sein?«

Von oben ist ein Knirschen zu hören, als ob Alban einen Schrank oder eine Kommode über den Holz-fußboden schieben würde. Ich gehe zur Treppe und rufe: »Hallo? Alles in Ordnung da oben?«

Keine Antwort.

»Schau mal die Zwerge auf den Schildern an«, sagt Corentin plötzlich, »ich glaube, das sind die Richter vom Totengericht des Osiris.«

Ich beuge mich zu ihm. Er zeigt mir das *Ägyptische Totenbuch*. Ich richte den Lichtkegel der Taschenlampe auf die Seite, die er aufgeschlagen hat. Rechts erkennt man den Saal mit den beiden Maat-Göttinnen. Ich erinnere mich: An dem Tag, an dem es mir gelungen ist, das Kästchen zu öffnen, habe ich mir diese Abbildung von Hunefers Papyrus ge-nauer angesehen. Sie zeigt das Totengericht mit den zweiundvierzig sitzenden Richtern. Jeder hat eine körperliche Besonderheit, die ihn von den anderen unterscheidet.

Hat der Verstorbene die Prüfung des Wiegens seines Herzens abgeschlossen, wird er von Anubis in die Halle der Wahrheit geführt, wo Osiris und seine zweiundvierzig Richter warten, um ihn zu verhören. Er berichtet über die zweiundvierzig Sünden, die er nicht begangen hat, und zwar jede einzelne vor einem anderen Richter. Vor dem »Knochenbrecher« schwört er zum Beispiel, niemals gelogen zu haben, vor dem »Gehörnten«, niemals geschwätzig gewesen zu sein, vor dem »Höhlenbewohner«, niemals schlechte Laune gehabt zu haben, und so weiter und so fort.

»Schau mal, es gibt sieben rote Buchstaben«, ruft Corentin.

Ich studiere den Text ganz genau. Tatsächlich heben sich die Buchstaben B, I, G, N, O, S und E von der schwarzen Schrift ab.

»BIGNOSE, was soll das heißen?«, frage ich kopfschüttelnd.

»*Big nose*, das heißt doch auf Englisch große Nase, oder?«

Ich nicke und beginne zu verstehen, worauf er hinauswill. Fast synchron wenden wir uns der Tür links der Treppe zu.

»Der Zwerg auf dem Schild hat eine lange Nase«, meint Corentin, »deine Großtante wollte bestimmt, dass wir diese Tür nehmen.«

Eine innere Stimme sagt mir, dass es sich dabei um

den Richter handelt, vor dem man erklären muss, nie raffgierig gewesen zu sein. Das hat eine gewisse Ironie, immerhin sind wir gerade auf Schatzsuche! Während ich noch darüber nachdenke, kommt Alban völlig außer Atem zurück.

»Wir haben Glück, die Tür hat auf beiden Seiten eine Klinke. Ich habe sie ganz weit aufgemacht und die Kommode davorgestellt. Jetzt kann sie nicht mehr zufallen.«

»Und wir wissen inzwischen, welche Tür wir nehmen müssen!«, verkündet sein Neffe voller Stolz.

32

Alban ist Feuer und Flamme. Als wir ihm die roten Buchstaben im *Ägyptischen Totenbuch* gezeigt haben, hat er sofort verstanden, worum es geht. Die Suche beginnt. Wie schon auf der Treppe bildet er die Spitze und ich den Schluss.

»Jawohl, Chef, so machen wir das!«, spotte ich.

Nachdem wir die Tür mit dem Zwerg mit der langen Nase durchquert haben, geht er vorsichtig voran, ständig auf der Hut vor möglichen Fallen. Der ins Gestein gehauene schmale Gang führt uns immer tiefer in die Erde. Die Decke ist so niedrig, dass Alban und ich uns ducken müssen. Bei jeder Kurve strömt uns eisiger Wind entgegen, hin und wieder riecht es nach fauligem Fisch. Ich friere und bekomme langsam Klaustrophobie.

Auch Corentin ist unruhig. Er hält Rimbaud fest im Arm und flüstert ununterbrochen aufmunternde Worte in sein Ohr. Aber er beschwert sich nicht, aus Angst, sein Onkel könnte ihn zurückschicken.

Alban nimmt seine Führungsrolle ernst und warnt uns jedes Mal vor einem Riss im Boden oder einem von der Decke herabhängenden Stalaktiten, an dem wir uns verletzen könnten.

Nachdem wir die x-te Kurve genommen haben – ich habe schon aufgehört zu zählen, wie viele es sind –, erreichen wir ein schmiedeeisernes Tor.

Die Gitterstäbe sind so eng, dass man kaum eine Hand hindurchstrecken kann. Das Tor ist mit einem Vorhängeschloss gesichert. Wir drängen uns zusammen und leuchten mit den Taschenlampen darauf. Auf den vier beweglichen Scheiben des Kombinationsschlosses erkenne ich die Buchstaben des Alphabets.

»Das hätte mich auch gewundert«, brummelt Alban, »deine Großtante und ihre ...«

»Sie war eine sehr intelligente Frau«, unterbreche ich ihn, um ihn von einer Beleidigung abzuhalten.

»Sie war seltsam, komplett verrückt.«

Corentin setzt Rimbaud auf den Boden und schlüpft zwischen uns hindurch. Dann probiert er verschiedene Buchstabenkombinationen aus. Das Klicken hallt von den Wänden des Ganges wider.

»Nichts anfassen, Corentin!«, warnt Alban.

»Lass ihn, er ist ein kluger Junge«, widerspreche ich, und er mustert mich streng. Doch bevor er reagieren kann, ist ein knackendes Geräusch zu hören.

»Es ist offen!«, verkündet Corentin.

»Wie hast du das gemacht?«, frage ich tief beeindruckt.

»Schaut mal auf den Boden.«

Ich senke den Blick und entdecke eine Bodenplatte mit einem Reliefmotiv, das eine junge Frau in einer

Tunika mit Falten zeigt und deren Arme Vogelflügel sind.

»Isis!«, sagt Alban.

»Das ist das Passwort. Das habe ich eingegeben.«

»Bravo, Corentin, gut gemacht.«

Alban fährt über die rotbraunen Haare seines Neffen, und sie lächeln sich an. In diesem Augenblick wird mir klar, wie groß die Liebe zwischen den beiden ist. Ich bin plötzlich gerührt, eine Träne läuft mir die Wange herunter.

»Die nachgeborene Isis-Priesterin hat wieder zugeschlagen«, meint Alban und dreht sich zu mir. »Und du willst mir erzählen, sie sei nicht seltsam gewesen?«

»Schon gut. Wollen wir hier etwa Wurzeln schlagen?«, gebe ich achselzuckend zurück.

Wir treten durch das Tor und stehen in einem großen Saal. Ich bin überwältigt.

»Wahnsinn!«, meint Alban.

»Wow, das ist ja magisch!«, bekräftigt sein Neffe, und Rimbaud bellt.

Ihre Worte hallen von den Wänden der Grotte wider. Wir leuchten mit den Taschenlampen den Boden und die Wände ab. Wir stehen auf einem Strand aus makellos weißem Sand. Kleine dunkle Wellen landen wenige Schritte von uns entfernt an. Über uns leuchten winzige Wesen, flackern und erlöschen wieder.

»Glühwürmchen!«, flüstert Alban.

»Das ist das erste Mal, dass ich welche in der Natur sehe«, Corentin ist begeistert.

Um uns herum schwirren Hunderte von Glühwürmchen, sie halten weiten Abstand von Rimbaud,
vor dem sie offensichtlich Respekt haben. Sie verbreiten so viel Licht, dass wir die Höhlendecke erkennen
können.

»Es sieht aus wie ein Meer, nur eben unter dem
Berg«, stellt Corentin fest und geht auf das Wasser
zu.

Alban packt ihn am Arm und hält ihn zurück.

»Beweg dich nicht vom Fleck.«

»Aber das ist ungerecht, immerhin habe ich das
Tor ...«

»Und ich habe hier das Kommando!«

Alban und ich gehen mit äußerster Vorsicht in Richtung Wasser, das wie ein schwarzer Spiegel aussieht,
übersät mit glitzernden Sternen und von einer un-
sichtbaren Strömung sanft bewegt. Wir können Bran-
dungsgeräusche hören, die von außen zu kommen
scheinen.

»Wir haben nicht viel Zeit«, drängt Alban, »die
Höhle ist mit dem Meer verbunden.«

»Wo liegt sie genau, was meinst du?«, frage ich Alban.
Das Glühwürmchenballett, das sich im Wasser spiegelt,
fasziniert mich. Ich bin wie gebannt.

»Direkt unter dem Kreidefelsen, da bin ich ganz
sicher.«

»Ich komme mir vor wie in Disneyland oder wie ein
Statist in *Fluch der Karibik*.«

»Nur der Soundtrack fehlt«, meint Alban.

»Da hinten! Da ist ein Boot!«, schreit Corentin.

»Wuff!«

»Wuuuaaa …! wuuuuaaaa«, hört man Rimbauds Bellen widerhallen.

Wir drehen uns in die Richtung, in die Corentin zeigt. Am Ende einer lang gezogenen Sandbank taucht etwas auf, das wie eine Holzbrücke aussieht. Aber in diesem Konstrukt ein Boot zu erkennen, fällt schwer. Was mich angeht, sind dort bloß irgendwelche dunklen Umrisse.

»Ich sehe nichts«, Alban geht es wie mir.

»Ganz sicher, das ist ein Boot! Ein richtiges Schiff«, ruft Corentin.

»Bleib hinter uns. Komm, Jade, das schauen wir uns genauer an.«

Alban und ich nähern uns dem Holzgestell, Corentin bleibt etwas zurück, um weiteren Ärger zu vermeiden. Rimbaud zieht an seiner Leine und versucht, Glühwürmchen zu fangen.

Als der Schein unserer Taschenlampen auf die Sandbank fällt, klärt sich das Rätsel auf: Es ist tatsächlich ein massives Holzboot, das in den Wellen schaukelt. Von der Brücke hängt eine Kette herab, die bei jeder Bewegung leise klirrt. Genau so habe ich mir immer ein Piratenschiff vorgestellt.

Der Rumpf hat an beiden Enden einen Aufbau, auf dem Vorschiff ist er sogar zweistöckig. Auf der ersten Ebene befindet sich eine Ruderpinne, doppelt so groß wie die in meinem Wohnzimmer. Drei

Masten ragen gegen die dunkle Decke der Höhle. Sie sind so hoch, dass man die Spitzen nicht erkennen kann.

»Schaut mal, eine Galionsfigur!«, Corentin ist außer sich vor Begeisterung. »Sie sieht aus wie neu.«

»Eine so schöne Figur habe ich zuletzt vor einigen Jahren im Hafen von Saint-Brieuc gesehen«, sagt Alban.

»Wie ist dieses Schiff hierhergekommen?«, frage ich erstaunt. »Die Höhle scheint keine Öffnung nach draußen zu haben.«

»Bestimmt nicht, sonst wären die Glühwürmchen längst weg, und man könnte sie nachts in Foisic sehen«, meint Corentin.

»Das klingt logisch. Gut kombiniert, Corentin!«, lobe ich.

»Vielleicht hat deine Großtante es in ihrer Freizeit auseinandergenommen, hierhergebracht und wieder zusammengebaut«, witzelt Alban. »Sie scheint viele Talente gehabt zu haben.«

»Das ist nicht witzig, Alban. Ich finde das ziemlich gruselig hier«, erwidere ich seufzend und fühle mich klaustrophobisch bei der Vorstellung, hier nicht mehr rauszukommen, »schön, aber gruselig.«

»Ich finde es eher inspirierend. Ein einsamer Strand, feiner Sand, weit und breit kein Fußball, ruhiges Meer, sanftes Licht, einen Sonnenstich bekommt man auch nicht. Einfach traumhaft. Hier könnte man seine Ferien verbringen. Was meinst du, Corentin?«

»Oh ja, hier hätten wir unsere Ruhe. Vielleicht finden wir sogar ein paar Skelette?«

»Lieber nicht«, allein der Gedanke jagt mir einen Schauder über den Rücken.

»Komm schon, Jade, zieh nicht so ein Gesicht. Das alles gehört dir. Macht dich das nicht glücklich?«

»Nein.«

»Können wir an Bord gehen?«, fragt Corentin.

»Warum nicht?« Alban entert die Brücke. Die alten Planken knirschen unter seinen Füßen, und ich bekomme eine Gänsehaut.

»Pass auf, sonst brichst du noch ein!«, rufe ich ihm zu.

»Eeeeinnnnnnnn …«, hallt es von den Wänden.

»Keine Sorge, ich passe auf.«

»Wann dürfen wir?«, drängt Corentin, während Alban langsam im Dunkel verschwindet.

»Wuff!«

Wieder hallt das Echo durch die Höhle.

»Jetzt, mir nach!«, ruft Alban.

Wir bewegen uns auf die Brücke zu, die immer deutlicher vor uns auftaucht. Die Galionsfigur ist eine Meerjungfrau mit langen Haaren und einem engelhaften Gesicht.

»Toll«, flüstert Corentin, als wir Alban erreicht haben.

»Tatsächlich«, stimmt Alban zu, der dicht vor ihr stehen geblieben ist.

Als ich feststelle, dass die Nixe eine leise Ähnlichkeit mit Angadrem Le Roy aufweist, spüre ich einen kleinen Stich. Ich, eifersüchtig auf eine Holzfigur? Lächerlich.

»Wie kommen wir an Bord? Ich sehe keine Leiter?«, frage ich und reiße mich zusammen.

»Ich habe eine Planke entdeckt, die zur Brücke führt, da können wir drübergehen«, antwortet Alban.

33

Bei unserem Weg auf die Brücke erkennen wir die Aufschrift auf dem Rumpf:

MANDJET

»Mandjet? Was für ein seltsamer Name für ein Piraten-schiff«, sagt Alban.

»Vielleicht Altägyptisch?«, vermutet sein Neffe.

»Wenn wir wieder Netz haben, wissen wir mehr«, entgegne ich, »hier habe ich keinen Empfang.«

»Ich auch nicht.«

Ich helfe Alban dabei, die Planke an der niedrigs-ten Stelle der Reling anzulegen. Das Schiff neigt sich leicht, wir können bequem nach oben steigen.

»Tut mir leid, die Regel ›Frauen und Kinder zu-erst‹ gilt dieses Mal nicht«, entscheidet Alban, als er über das Holzbrett läuft. Mit wenigen Schritten ist er auf dem Schiff. Ich umfasse Corentins Schul-tern, der Rimbaud auf dem Arm hält, wir gehen mit ganz kleinen Schritten an Bord. Als wir angekom-men sind, brauche ich eine Weile, um mich an das Schaukeln zu gewöhnen. Corentin hält sich an der Ruderpinne fest, Rimbaud weicht nicht von seiner

Seite. Ich schaue zu Alban. Der beugt sich über ein Tau der Takelage.

Während ich auf ihn zugehe, knirschen die alten Planken unter meinen Füßen. Sicher fühle ich mich hier jedenfalls nicht.

»Alban? Was machst du?« Ich wage mich keinen Schritt weiter.

»Die Seile sind zwar salzverkrustet, aber neu, es gibt keine Spuren des Schiffsbohrwurms am inneren Rumpf.«

»Innerer Rumpf? Schiffsbohrwurm? Wovon sprichst du?«

»Das ist Seemannsjargon, Jade«, erwidert er, dabei seufzt er abgrundtief. »Ich meine das Innere der Schiffswand. Und die Schiffsbohrwürmer sind Muscheln, die im Meer leben und sich außen an die Schiffswand heften. Eine echte Plage!«

»Und was heißt das?«

»Wie du siehst, fehlen die Segel. Ich glaube, dass dieses Schiff niemals zur See gefahren ist. Rühr dich nicht vom Fleck, ich schaue mir den Laderaum an.« Er verschwindet durch eine Luke. Ich soll hier stehen bleiben, während er weitersucht? Auf keinen Fall! Ich überwinde meine Angst, atme tief die salzige Luft ein und gehe auf Zehenspitzen zum höchsten Punkt des Hecks. Einige Stufen führen ganz nach oben, wo Corentin mit der Ruderpinne spielt und sie heftig hin und her bewegt.

»Halt still, Corentin. Und lass die Leine nicht los«,

mahne ich, bevor ich eine Tür neben der Treppe auf-
drücke.

Sie quietscht furchtbar. Ich betrete einen Raum, der
die Kapitänskajüte gewesen sein könnte. Auf dem Boden liegen zerschlissene Teppiche, ausgebleichte rote
Vorhänge hängen in Fetzen von der Decke herab. Die
Zeichen des Verfalls einmal ausgenommen, wirkt der
Raum recht luxuriös, es gibt ein Himmelbett, silberne
Kerzenständer und Gemälde von furchterregenden Piraten an den mit Holzpaneelen verkleideten Wänden.
Ein runder Tisch mit aufgerollten Seekarten steht in
der Mitte. Ich umrunde ihn und gehe fünf Stufen zu
einem Podest nach oben.

Hinter einem Schreibtisch und einem Polstersessel
befinden sich vier Sprossenfenster mit bunten Scheiben. Ich trete näher und schaue hindurch, sehe aber
mein Spiegelbild, weil es draußen so dunkel ist.

Dann wende ich mich dem Schreibtisch zu. Unter
ihm entdecke ich die Umrisse einer Kiste. Ich leuchte
mit meiner Taschenlampe dorthin und erkenne eine
Ledertruhe mit Riemen. Ob darin der Schatz versteckt ist? Ich hebe sie hoch, aber wirklich schwer ist
sie nicht. Enttäuscht stelle ich sie auf den Schreibtisch.
Zu meiner Überraschung ist sie nicht verschlossen.
Langsam hebe ich den Deckel an. Mein Herz klopft
zum Zerspringen.

Das Innere der Truhe ist mit rotem Samt ausge-
schlagen, darin liegen ein schwarzes Notizbuch und
zwei gefüllte Jutebeutel. Ich schüttele sie, ein metal-

lisches Klirren ist zu hören. Aufgeregt löse ich die Schnur des ersten Beutels. Er ist voller Goldmünzen, genau wie die, die ich auf meinem Dachboden gefunden habe! Ich bin an meinen Ausgangspunkt zurückgekehrt. Auch der zweite Beutel ist prall mit Goldmünzen gefüllt. Ein Vermögen!

Ich lege die Beutel wieder in die Truhe und schlage das Notizbuch auf. Auf der ersten Seite erkenne ich die schmale Handschrift meiner Großtante. Ich stelle meinen Rucksack ab, setze mich in den Sessel und lese.

Meine allerliebste Jade,

endlich treffen wir uns wieder! Mit großem Vergnügen darf ich feststellen, dass Dein Herz rein ist und Du alle Hindernisse auf Deinem Weg überwunden hast. Ich bin sehr stolz auf dich.

Willkommen an Bord der Mandjet! Wie du vielleicht gemerkt hast, ist sie nur eine dürftige Kopie der Galeonen, die zu Zeiten der Piraten die Meere beherrschten. Ich habe sie Mandjet genannt, weil das der Name der Barke ist, mit der der Sonnengott Ra jeden Tag unterwegs war, um von Sonnenaufgang bis Sonnenuntergang einmal über den Himmel zu ziehen. Metaphorisch gesehen natürlich.

Frag nicht, wie diese Galeone hierhergekommen ist, das bleibt mein kleines Geheimnis. In seiner Freizeit kann jeder tun und lassen, was er möchte. Manche gehen an den Strand, andere schwimmen oder liegen in der Sonne. Wieder andere folgen ihren Träumen. Dazu gehöre ich. Und ich kann sagen, dass ich meinen Traum verwirklicht habe. Aber ohne den Schatz des berühmten Schmugglers Jeremiah Curtis wäre das nicht möglich gewesen. Das alles gehört jetzt Dir. Außer Les Ibis hinterlasse ich Dir ein gut gefülltes Schweizer Bankkonto auf Deinen Namen. Wenn Du ein paar Seiten weiterblätterst, findet Du den Namen des Verwalters (er sitzt in Zürich). Ich habe auch Deine Zugangsdaten und die Passwörter (es braucht natürlich mehrere, Sicherheit geht vor) dort notiert. Das Geld gehört Dir, nutze es sinnvoll.

Was die beiden Beutel betrifft, sei bitte nicht überrascht, dass es sich um französische Goldmünzen und nicht um englische handelt. Zu Zeiten von Jeremiah Curtis war der Louis d'or die bevorzugte Währung. Ich rate Dir, sie an gute Freunde zu verschenken, denen Du damit eine Freude machen würdest. Und gute Freunde hast Du bestimmt.

Ich wünsche Dir ein langes und glückliches Leben. Komm so spät wie möglich nach ins Totenreich des Osiris.

Aglaé Bissel, nachgeborene Priesterin des Isis-Tempels

Mit Tränen in den Augen blättere ich durch das Notizbuch. Auf vielen Seiten steht gar nichts, auf einigen sind Ibis-Zeichnungen zu sehen. Ich schaue sie mir nicht näher an. Etwas weiter hinten stoße ich auf die Bankdaten. Jetzt bin ich reich. Ich kann es kaum glauben. Endlich muss ich mich nicht mehr mit Gelegenheitsjobs über Wasser halten.

Auf der letzten Seite entdecke ich das Foto einer jungen Frau. Ich wische mir mit dem Ärmel die Tränen weg und betrachte es. Sie sieht mir sehr ähnlich, das gleiche ovale Gesicht, die zerzausten braunen Haare, die haselnussfarbenen Augen. Unglaublich! Am unteren Bildrand steht der Name Aglaé Bissel. Ich verstehe jetzt besser, warum sich meine Großtante in mir wiedererkannt hat, sogar als ich noch ein kleines Mädchen war.

Ich höre ein hölzernes Knacken, hebe den Kopf und erkenne Alban, der die Hände in die Hüften gestemmt hat und mich stirnrunzelnd ansieht.

34

»Hast du den Schatz gefunden?«, fragt er leise und deutet auf die Truhe.

»Ja«, entgegne ich, mein Hals ist vor Rührung wie zugeschnürt.

»Großartig!«

»Meine Großtante hat mir ein Konto in der Schweiz vermacht, hier steht alles drin«, erkläre ich und wedele mit dem Notizbuch.

»Dann bist du jetzt reich.«

»Ich glaube schon. Einen Teil werde ich natürlich weitergeben.«

Ich greife nach den beiden Beuteln mit den Goldmünzen und stelle sie auf den Schreibtisch. Alban beachtet sie nicht.

»Ich freue mich aufrichtig für dich, Jade. Dann musst du die Villa nicht verkaufen«, sagt er, ohne auf meine Worte einzugehen.

Aglaés Vorschlag, meinen Reichtum mit meinen Freunden zu teilen, gefällt mir. Sie haben mir in schwierigen Momenten beigestanden, es ist nur gerecht, dass sie etwas zurückbekommen. Alban weiß davon allerdings noch nichts. Wie wird er reagieren?

»Diese Beutel sind voller Goldmünzen«, sage ich,

über seine Bemerkung zum Verkauf der Villa gehe ich großzügig hinweg. »Meine Großtante hat empfohlen, sie an Freunde zu verschenken, und ich werde auf ihren Rat hören. Ich habe an Corentin und dich gedacht.«

»Wirst du Les Ibis verkaufen?«, wiederholt er, als hätte er mir nicht zugehört.

»Ich biete dir einen Beutel Goldmünzen an, und alles, was du wissen willst, ist, ob ich das Haus verkaufe oder nicht?«

»Ja, unbedingt«, er umrundet den Schreibtisch und kommt auf mich zu. »Wirst du in Foisic bleiben oder nicht?«

»Warum ist das so wichtig?«

»Für mich ist es das.«

Ich stehe auf und stecke das Notizbuch in meinen Rucksack. Dann greife ich nach den beiden Jutebeuteln. In diesem Moment packt mich Alban an den Schultern und zwingt mich, ihm ins Gesicht zu sehen.

»Antworte mir bitte, Jade. Wirst du in Foisic bleiben?«

»Ich muss nach Paris zurück, dort ist mein Leben und …«

»Bleib hier. Ich will nicht, dass du zurückgehst. Ich mag dich.«

Seine Worte sind voller Leidenschaft, seine Erklärung ist so rührend, dass die Schmetterlinge in meinem Bauch zu flattern beginnen.

»Ich mag dich auch.«

Ich sage es, ohne nachzudenken. Albans Lächeln

überzeugt mich, nichts Falsches gesagt zu haben. Und was jetzt? Führen wir einen Freudentanz auf? Sinken wir uns in die Arme und küssen uns, wie in den romantischen Filmen, die vor Weihnachten im Fernsehen laufen?

Alban beugt sich zu mir. Seine Augen glänzen. Bilde ich mir jedenfalls ein. Instinktiv drücke ich mich an ihn und umfasse seine Taille. Fast berühren sich unsere Lippen, ich kann seinen Atem spüren. Nur noch einen Augenblick, dann wird er mich küssen. Und ich werde den Kuss erwidern. Es wird der Kuss des Jahrhunderts werden. Aber plötzlich lässt er mich los und weicht zurück.

»Wir müssen zurück, Jade, sofort. Die Flut kommt, wir dürfen uns nicht einschließen lassen.«

»Ähm, ja, du hast recht.«

Ich bin verwirrt, was für ein seltsamer Mann! Ich würde nicht so weit gehen, dass er rüde ist, aber etwas in dieser Richtung durchaus.

»Halt, du hast etwas vergessen«, sage ich, als er die Treppe hinuntergeht.

Ich schüttele den Beutel mit den Goldmünzen. Es klimpert. Er dreht sich um und sagt nach einem kurzen Blick darauf: »Ich will das Geld nicht.«

»Corentin wird es brauchen können, für seine Ausbildung und …«

»Ich werde dafür sorgen, dass er es nicht annimmt.«

Ich habe mich von meiner Überraschung erholt, gehe auf ihn zu und baue mich vor ihm auf.

»Wenn das so ist, werde ich ihn zumindest nach seiner Meinung fragen. Er hat da auch ein Wörtchen mitzureden. Und den zweiten Beutel versenke ich im Meer.«

»Kommt nicht infrage.«

Er presst die Lippen aufeinander und packt mich am Arm. Ich werfe ihm einen wütenden Blick zu, er blitzt zurück. Die Spannung ist mit Händen zu greifen. Was hat dieser Typ eigentlich für ein Problem? Gerade hat er mich noch angefleht, in Foisic zu bleiben, es hat gewirkt, als wäre er den Tränen nahe. Und er ist kurz davor gewesen, mich zu küssen. Und jetzt das? Er zeigt mir die kalte Schulter?

»Ich werde nicht in Foisic bleiben, sondern die Villa so schnell wie möglich an deinen Freund Gourcuff verkaufen!«, schleudere ich ihm entgegen.

Noch bevor ich die Wirkung meines Treffers genießen kann, zieht er mich an sich und küsst mich. Damit habe ich nicht gerechnet. Ich hisse die weiße Fahne und lasse mich von seiner Leidenschaft mitreißen.

35

Ich bin reich, ist das nicht wunderbar? Das muss gefeiert werden! Um die Gefühlsachterbahn dieses Tages zu verarbeiten, gibt es nichts Besseres als Tanzen!

Obwohl ich todmüde bin, beschließe ich, mir auf dem Platz vor dem Rathaus das Feuerwerk anzusehen. Schlafen kann ich ohnehin nicht, die Musik ist so laut, dass es bis in mein Schlafzimmer dröhnt. Außerdem werde ich die Bilder nicht los. In den letzten Stunden ist so viel geschehen! Ich habe einen Schatz entdeckt, Alban hat mich geküsst, dieser Tag war so voller Überraschungen und Emotionen, Stoff zum Nachdenken habe ich genug.

Seit unserem Kennenlernen haben wir uns das zweite Mal geküsst. Das wirft Fragen auf. Was sind wir denn jetzt? Immer noch Freunde? Oder schon mehr? Als wir die Kapitänskajüte verlassen haben, ist er wieder auf Distanz gegangen. Vielleicht wegen Corentin? Als ich dem Jungen einen Beutel Goldmünzen überreicht habe, war er außer sich vor Freude. Alban hat zwar protestiert, es dann aber doch zugelassen. Hoffen wir, dass dadurch unsere Beziehung nicht vergiftet wird.

Geld habe ich jetzt auch, und zwar eine ganze Menge. Da der 14. Juli in der Schweiz kein Feiertag ist, habe ich bei der Bank angerufen und mit dem Direktor gesprochen. Er hat mir bestätigt, was meine Großtante in ihrem Brief angekündigt hat. Ich bin reich. Sehr reich. Mein Vermögen beläuft sich auf mehrere Millionen. Ich kann es immer noch nicht fassen.

Manch einer würde jetzt die Füße hochlegen und gar nichts mehr tun. Aber für mich wäre das nichts. Meine Hyperaktivität ließe das gar nicht zu, ohne feste Aufgaben würde ich mich nur langweilen. Ich muss überlegen, welche Möglichkeiten sich mir bieten. Davon hängt zum Beispiel die Zukunft von Les Ibis ab. Ehrlich gesagt würde es mir das Herz zerreißen, es zu verkaufen. Ich habe mich eingelebt, das Haus, der Geheimgang, der mich direkt in eine wunderschöne Höhle mitsamt einer Galeone führt, all das begeistert mich. Und Aglaé hätte es bestimmt nicht gefallen, wenn ich ihr Erbe einem Fremden anvertrauen würde. Ich werde später darüber nachdenken.

Ich ziehe mein geblümtes rosa Sommerkleid von heute Morgen wieder an und verlasse das Haus. Rimbaud liegt schon in seinem Körbchen und schläft. Er ist so erschöpft gewesen, dass er nicht mal sein Trockenfutter gefressen hat. Draußen ist das Fest in vollem Gange. Die Band auf der Bühne spielt ein Lied aus den 1980ern. Die Lampions in den Landesfarben Blau, Weiß und Rot spenden warmes Licht, die bretonische Flagge weht in der sanften Abendbrise. Welch ein Glück, dass es nicht regnet.

Bevor ich auf die Tanzfläche gehe, führt mich mein Weg an den Getränkestand. Ich erkenne Dédé, den Kellner aus dem La Jetée. Er flitzt zwischen den Tischen und der Bar hin und her. Der Arme, er hat alle Hände voll zu tun.

Am ersten Tisch sitzen vier betagte Damen in traditioneller Tracht und tauschen Dorfklatsch aus. Ganz offensichtlich bin ich das Thema. Ich bleibe einen Augenblick stehen, um zu lauschen, welche Geschichten so über mich im Umlauf sind.

»Die verträgt nicht mal Chouchen, so eine Memme«, meint eine.

Ihre Freundinnen werfen mir vielsagende Blicke zu, dann lachen sie so schallend, dass ihre Hauben auf den Köpfen zittern.

»Hoffentlich musste sie nicht kotzen!«, ergänzt ihre Nachbarin zur Linken abschätzig.

»Das hätte uns gerade noch gefehlt. Habt ihr schon ihren Kläffer gesehen?«, schaltet sich Mère Dubois ein, die ebenfalls am Tisch sitzt.

»Ein Dackel, furchtbar. Er sabbert und hinterlässt überall seine Haare.«

Alle lachen, mit Ausnahme von Mère Dubois.

»Wehe, er kommt meiner Katze zu nahe«, droht sie.

Ich tue so, als hätte ich nichts gehört, und gehe direkt zum Getränkestand. Auf keinen Fall wollte ich diesen vier Giftspritzen in einer finsteren Seitenstraße begegnen! Das würde für mich sicher kein gutes Ende nehmen.

»Jade!«, ruft Anne Drésin und winkt mir zu. »Komm doch zu uns, wir haben schon auf dich gewartet.«

Sylvie Landrec steht neben ihr, beide wirken äußerst elegant. Ich freue mich, endlich freundliche Gesichter zu sehen, und gehe auf die beiden zu. Sie machen mir ein wenig Platz, damit ich mich zu ihnen gesellen kann.

»Wir haben dich den ganzen Tag vermisst«, sagt Anne.

»Mir ging es nicht so toll, aber heute Abend ist es besser.«

Ich bin keine gute Lügnerin, aber das erspart mir die Mühe, ihnen die Wahrheit zu sagen. Niemand darf wissen, dass ich den Schatz von Foisic gefunden habe. Auch Corentin und Alban werden schweigen, sie haben ebenso wenig Interesse daran wie ich, ständig danach gefragt zu werden.

»Wie schade! Du hast den Kuchenwettbewerb verpasst!«, sagt Sylvie.

»Ja, ich weiß. Aber meine Tarte ist verbrannt. Ich hätte ohnehin keine Chance gehabt. Apropos, wer hat denn gewonnen?«

»Mère Dubois. Wie immer.«

»Was willst du trinken, Jade?«, fragt Anne und winkt den Kellner heran.

»Einen Mojito.«

»Hey, Dédé, drei Mojitos! Ich lade euch ein.«

»Tanzt du nicht, Jade? Alban ist schon voll dabei«, sagt Sylvie und zwinkert mir zu. Ich blicke zur Tanzfläche. Es läuft Boney M., und ich sehe ihn wild mit den Hüften wackeln.

»Später …«

»Wenn sie ihren Mojito getrunken hat«, sagt Anne.

»Ich freue mich, dass er endlich aus seinem Schneckenhaus gekommen ist«, fährt Sylvie fort, »der arme Junge, er hat schon einiges hinter sich.«

»Ja, ich weiß, dass er seine Eltern sehr früh verloren hat und du ihn aufgenommen hast.«

»Er hatte eine schwierige Kindheit. Am Anfang dachten wir, er würde sich abschotten, weil er um seine Eltern trauert. Aber durch deinen Schwager, Anne, haben wir verstanden, warum er keine Freunde hatte.«

Sylvie beugt sich zu mir und flüstert mir ins Ohr: »Er hat das Asperger-Syndrom. Das ist aber nicht ansteckend, keine Bange.«

Verwirrt schaue ich zu Alban hinüber. In diesem Moment scheint er keine Probleme mit der Kommunikation zu haben, die junge Frau, die neben ihm tanzt, lacht über seine Witze. So eine blöde Schnepfe! Sie ist etwa zwanzig, blond, hat einen verführerischen Blick, und ihr zierlicher Körper steckt in einer eng anliegenden Corsage und einer ebensolchen Jeans.

»Hallo, Juliette«, ruft mir jemand zu, »hallo, ihr Lieben.«

Wie aus dem Nichts taucht Angadrem Le Roy in einem goldenen Etuikleid und perfektem Make-up neben mir auf. Meine beiden Begleiterinnen treten die Flucht an und verabschieden sich mit fadenscheinigen Ausreden. Ich bleibe. Warum eigentlich?

»Jade, ich heiße Jade.«

»Ach ja, genau. Jade. Ich kann mir Ihren Vornamen einfach nicht merken.«

Sie nähert sich der Theke. Dédé bringt gerade die drei Mojitos.

»Ich habe noch gar nicht bestellt. Aber wenn sie schon mal da sind, warum nicht zugreifen?«

Sie nimmt sich ein Glas, holt einen großen Schein aus ihrem goldfarbenen Portemonnaie und hält ihn dem Kellner hin.

»Behalt den Rest, mein Lieber«, sagt sie und beugt sich dann zu mir. »Wahrscheinlich ist er ohnehin bald pleite, wenn ich meinen Salon de thé eröffne, das bin ich ihm schuldig. Übrigens, ich suche Alban.«

Mit diebischem Vergnügen deute ich auf die Tanzfläche.

»Er amüsiert sich mit einer attraktiven jungen Frau«, flüstere ich. Ich bin gemein, ich weiß.

Angadrem spitzt die Lippen und wirft der Konkurrentin einen tödlichen Blick zu.

»Diese verdammte Clara!«, giftet sie. »Sie verliert keine Zeit.«

»Sie kennen die Frau?«

»Und ob ich sie kenne! Das ist meine Cousine. Sie ist heute Morgen aus Nantes gekommen. Sie wird als Spülerin und Putzfrau bei mir im Salon de thé arbeiten. Aber ich fürchte, da habe ich mir ein schönes Ei ins Nest gelegt«, sagt sie, seufzt und nimmt einen großen Schluck Mojito.

»Das sieht ganz so aus. Sie scheint ziemlich erfolgreich zu sein.«

»Ja, im Männer-Abschleppen ist sie ganz groß! Wollen wir uns nicht duzen, Jade? Hier, nimm einen Mojito. Ich gebe einen aus.«

Sie schiebt mir ein Glas hin. Ich reiße überrascht die Augen auf. Woher kommt diese spontane Anwandlung von Freundschaft?

»Äh, gerne, Angadrem.«

»Frauen aus derselben Gesellschaftsschicht müssen zusammenhalten. Clara kann uns nicht das Wasser reichen, aber sie hat überzeugende Argumente.«

»Ich will gar nichts von Alban«, wende ich ein.

»Freut mich zu hören. Aber ich schon! Und ich werde nicht zulassen, dass so eine meine Pläne durchkreuzt.«

Das lässt auf einen spannenden Abend hoffen. Sie leert ihren Mojito in einem Zug und macht sich über den zweiten her. Ich habe gerade mal einen Schluck genommen, als sie auch dieses Glas leer auf den Tresen knallt.

»Genug geredet, es ist Zeit, Clara zu zeigen, wer

hier die Chefin ist«, verkündet sie mit einem wilden Funkeln in den Augen. »Ich gehe. Bis bald, Ju… Jade. Wenn du in der Gegend bist, komm doch mal im Breton Dream vorbei, so heißt mein Laden. Dort gibt es bessere Cocktails als hier.«

Sie zieht die Schultern zurück und reckt die Brust nach vorne, dann nähert sie sich der Tanzfläche. Sollen sie sich doch die Köpfe einschlagen! Ich halte mich bei solch billigen Rivalitäten vornehm zurück. Und wenn ich stattdessen auch ein bisschen tanze? Am besten ein ganzes Stück von ihnen entfernt.

36

Als die Band zu keltischem Rock wechselt, füllt sich die Tanzfläche. Ein zuckendes, wogendes Meer aus Schultern, Köpfen und Armen bewegt sich in Richtung Bühne. Ich muss die Ellbogen einsetzen, um nach vorne zu kommen. Diverse Paare wirbeln herum, ohne sich um die anderen Tänzer zu kümmern, ich muss ihnen immer wieder ausweichen.

Ich achte darauf, Angadrem nicht in die Quere zu kommen und erst recht nicht Albans Weg zu kreuzen. Die bunten Lichter huschen über unbekannte und vertraute Gesichter. Anne Drésin und ihr Mann. Sylvie Landrec und ihr Mann. Christine Morvan im Arm eines eleganten älteren Herrn, der aussieht wie ein pensionierter Marineoffizier. Alle scheinen sich bestens zu amüsieren.

Als ich Véronique Guillerm entdecke, gehe ich auf sie zu. Sie trägt ein kleines Schwarzes und sieht ausgesprochen attraktiv aus. Auch sie wiegt sich im Rhythmus der Musik hin und her. Ich werfe neben ihr Anker und passe mich ihren Bewegungen an.

»Da bist du ja, Jade! Wo warst du denn den ganzen Tag? Ich habe mir schon Sorgen gemacht.«

Ohne mit den Tanzbewegungen aufzuhören, antworte ich: »Ich habe mich ausgeruht. Wo sind die Kinder?«

»Sie sind den Rest der Woche bei ihrem Vater. Sie fehlen mir jetzt schon. Ohne sie ist das Haus so leer ...«

»Aber du siehst sie am Sonntag doch wieder, oder?«

Sie nickt. Die Arme. Auch wenn ich nicht recht verstehe, wieso man so sehr an diesen nervigen Zwillingen hängen kann, habe ich Mitleid mit ihr.

»Hallo, meine Schönen! Tanzen Sie?«, höre ich eine laute Stimme hinter mir fragen.

»Nein, wir stampfen mit den Füßen Trauben!«, entgegne ich.

Von billiger Anmache habe ich die Schnauze voll. Soll er dorthin gehen, wo der Pfeffer wächst!

»Lucien ... Étienne ...«, begrüßt Véronique die beiden Männer hinter mir und lächelt strahlend. »Aber klar! Jade und ich tanzen gerne mit euch.«

Die Prigent-Brüder? Oje, auch das noch. Ihnen habe ich eigentlich nicht begegnen wollen. Aber noch bevor ich protestieren kann, ist Véronique in der wogenden Menge verschwunden, gemeinsam mit Lucien, einem Bullen von einem Mann. Er ist zwei Köpfe größer als sie und hat Schultern wie ein Schrank. Einen Augenblick später steht seine Kopie vor mir: Étienne, in schwarzer Hose, weißem Hemd und Mokassins mit Quasten. Man muss kein Prophet sein, um zu ahnen, wie viel Mühe er sich mit seinem Aufzug gemacht hat. Außerdem hat er Parfüm aufgelegt und versucht, seine

Haarpracht zu bändigen. Leider ohne Erfolg, denn dadurch kommen seine Segelohren nur noch besser zur Geltung.

»Nur Sie und ich!«, sagt er und starrt mich an.

»Und ganz Foisic!«

Als ich diese Erkenntnis mit einer Geste unterstreichen will, greift er nach meiner Hand und zieht mich zu einem bretonischen Stück im Viervierteltakt auf die Tanzfläche. An dieser Variante französischer Hoftänze habe ich mich schon einmal versucht, es ging ganz gut. Aber jetzt habe ich das Gefühl, alles vergessen zu haben. Wir reihen uns zwischen den Tanzpaaren ein, und beim Wechsel kugeln mir die anderen Tänzer fast den Arm aus.

Auf der Tanzfläche herrscht Ausnahmezustand, und wir sind mittendrin, ich setze die Füße aufs Geratewohl, jeder falsche Schritt führt zu einer Kollision mit den Nachbarn, wir schwanken, stellen anderen Paaren aus Versehen ein Bein. Aber es kommt noch schlimmer. Étienne packt mich an der Taille, wirft mich nach hinten und wirbelt mich anschließend durch die Luft. Mein Körper beschreibt einen Salto, erst wird mir schwindlig, dann speiübel, mein Schädel dröhnt.

»Bravo!«, ruft Étienne. »Sehr gut!«

Dabei umklammert er meine Hand und drückt sie so fest, dass ich befürchte, er könne mir alle Knochen brechen. Danach geht es weiter. Ich bin total erschöpft und versuche gar nicht mehr, den Rhythmus zu halten. Hört dieses Stück denn niemals auf?

Meine Gebete scheinen doch noch erhört zu werden, denn wenige Augenblicke später geht die Band zu sanfteren Klängen über. Leider wechselt nur die Musik, mein Tanzpartner, der sich jetzt voller Leidenschaft an mich presst, bleibt derselbe. Eine Flucht ist unmöglich. Wir wiegen uns auf der Stelle hin und her, eine Art Slowfox, der ihm die Zunge löst.

»Sie tanzen wie eine Göttin, Jade«, schwärmt er mit gerötetem Gesicht und anerkennendem Blick, »ich darf Sie doch Jade nennen, oder? Alle tun das.«

Ich murmele eine ausweichende Antwort, die weder ein Ja noch ein Nein ist. Innerlich schicke ich weitere Stoßgebete zum Himmel, der Allmächtige möge mich von ihm befreien. Warum schickt er nicht einen Platzregen? Mit Blitz und Donner, wenn schon, denn schon. Ich nehme auch einen Stromausfall. Noch besser wäre es, wenn Alban plötzlich auftauchen und mich aus den Fängen des Anstreichers retten würde. Aber nein, Monsieur flirtet ja mit seinen Bewunderinnen. Ich bin offensichtlich Luft für ihn.

»Haben Sie eigentlich meinen Kostenvoranschlag geprüft?«, fragt Étienne unvermittelt. »Es ist ja schon eine Weile her, und Sie haben sich noch nicht gemeldet. Das enttäuscht mich ein bisschen, Jade.«

Was hat er denn plötzlich? Er wirkt wie ausgewechselt. Mir kommt unsere Begegnung in der Eisenwarenhandlung in den Sinn, der Tag, als ich die Farbe gekauft habe und er mich mit der Plastiktüte voller Pinsel überrascht hat. Ihm offensichtlich auch. Hupps.

»Ehrlich gesagt fand ich Ihr Angebot etwas zu teuer«, erwidere ich. »Ich frage mich, ob Sie nicht einen kleinen Hauptstadtaufschlag hinzugerechnet haben.«

»Aber nein, das würde ich niemals tun. Das ist nicht unser Stil.«

»Tatsächlich? Da habe ich so meine Zweifel.«

»Lucien und ich sind rechtschaffene Handwerker«, widerspricht er und rollt die Augen, »wir sind ehrlich und leisten gute Arbeit. Ich habe gesehen, wie Sie bei Landrec Farbe bestellt haben. Wenn Sie uns beauftragen, übernehme ich die Farbe gerne und ziehe den Preis von der Rechnung ab. Das garantiere ich Ihnen. Dann müssen Sie sich nicht selbst die Hände schmutzig machen. Streichen ist ein Kapitel für sich! Sie werden sehen, mein Bruder und ich sind die Könige der Pinsel. Geschickt und schnell! In Windeseile haben wir Ihre Villa renoviert.«

Was soll's. Sein Vorschlag ist nicht übel. Außerdem hat sich meine finanzielle Situation entscheidend verbessert, ich könnte es mir leisten. Auf der anderen Seite ist jedes Zugeständnis an einen übergriffigen Typen wie ihn nicht ohne Risiko. Diese beiden Hünen werden mir bestimmt Kopfschmerzen bereiten. Aber wenn sie schnell sind …

»In Ordnung«, sage ich schließlich, nachdem ich die Vor- und Nachteile gegeneinander abgewogen habe.

»Wirklich? Sie sagen Ja?«

»Ich fürchte schon …«, murmele ich.

»Ich freue mich sehr. Wir kommen morgen. Passt es Ihnen um sieben?«

»Ähm, nein! So früh bitte nicht. Keine Eile.«

»Dann am Freitag?«, drängt er. »Ich werde Lucien die frohe Botschaft überbringen. Warten Sie, ich bin gleich wieder da.«

Er löst seinen Griff und verschwindet. Und wenn ich ebenfalls die Gunst der Stunde nutze? Eine gute Idee! Sofort mache ich mich auf den Weg nach Hause. Es ist schon ziemlich spät, und Rimbaud wird sicher auf mich warten. Meine Zehen könnten ein paar seiner Streicheleinheiten durchaus vertragen. Tanzen kann ich heute jedenfalls nicht mehr.

37

Freitag, 16. Juli

»Das Glück liegt in der Wiese, lauf rasch darauf zu, darauf zu.

Das Glück liegt in der Wiese, lauf rasch darauf zu, verlier keine Zeit.«

Das sagt zumindest der Dichter Paul Fort in einem seiner Gedichte. Er soll mir mal verraten, wo er diese Erkenntnis herhat.

Ein neuer Tag hat begonnen, und ich werde von einer Unzufriedenheit gepackt, die sich mehr und mehr steigert. Dabei sollte ich doch eigentlich glücklich sein. Ich bin gesund, mir gehört eine prächtige Villa, ich bin finanziell unabhängig, habe Freunde, Familie, einen treuen Hund … Was brauche ich mehr?

Trotzdem lässt mich das »Ja, schon, aber …« nicht los. Und wenn meine schlechte Laune und meine herzzerreißenden Seufzer mit einem attraktiven Mann mit feinen Gesichtszügen und einem magnetischen Blick zu tun haben sollten … dann mit Alban Landrec!

Dieser verfluchte Kerl hat sich in meinem Kopf

festgesetzt und weigert sich, von dort wieder zu verschwinden.

Seitdem wir den Schatz gefunden haben, ist er abgetaucht. Ich habe nicht mehr mit ihm gesprochen, meine SMS hat er nicht beantwortet. Hat er Angst, mir zu gestehen, dass er Claras Charme erlegen ist? Und dann? Ich heiße ja nicht Angadrem Le Roy! Mich aufdrängen? Niemals! Wenn er mich nicht will, will er mich eben nicht. Dann bleiben wir halt Freunde. Aber warum weckt diese Vorstellung in mir den Drang, alles stehen und liegen zu lassen und abzuhauen?

Ein weiterer Grund für meinen Frust: Es klingelt penetrant an der Tür. Wenn dieser Rüpel nicht sofort den Finger vom Klingelknopf nimmt, muss er mit Konsequenzen rechnen. Ich garantiere für nichts. Es ist noch nicht mal sieben! Ich wüsste ja zu gerne, wer so dreist ist, um diese Zeit bei mir aufzutauchen. Der kann was erleben!

»Ganz ruhig, mein Guter«, sage ich zu Rimbaud, »wir werden der Sache auf den Grund gehen und dafür sorgen, dass er uns in Ruhe lässt.«

Ich springe aus dem Bett, ziehe mich rasch an und gehe in den Flur. Mein Hund steht schon parat, er knurrt vernehmlich. Das Klingeln bricht ab.

»Wer ist da?«, rufe ich und lege ein Ohr an die Tür.

»Étienne Prigent, Anstreicher in der sechsten Generation«, lautet die Antwort.

»Und Lucien, sein Bruder und Geschäftspartner seit ewigen Zeiten.«

Verdammt, die Prigents! Die habe ich komplett vergessen.

»Kommen Sie später wieder. Ich liege noch im Bett.«

»Das geht nicht. Wir haben unsere ganze Ausrüstung dabei ...«

»Wir müssen alles vorbereiten ...«

»Und zwar schnell.«

»Je früher wir anfangen, desto früher sind wir fertig.«

Die Diskussion ist zwecklos, ich öffne die Tür. Vor mir stehen zwei schwer bepackte ungekämmte Männer in fleckigen Overalls. Sie wirken frisch wie der junge Morgen. Ich trete beiseite und lasse sie ins Haus.

»Was für ein braver Hund!«, sagt Lucien.

»Und gut genährt!«, ergänzt sein Bruder.

Rimbaud beschnuppert die beiden misstrauisch. Ihr Geruch scheint ihm zu gefallen, denn er hört auf zu bellen. Die beiden lassen die Stehleiter, die Trittleiter, die Eimer und Kisten mitten im Flur stehen und gehen dann in die Küche. Mein Hund trottet schwanzwedelnd hinterher.

Verdutzt folge ich ihnen und traue meinen Augen nicht. Das darf doch nicht wahr sein. Während Lucien die Terrassentür öffnet, die Läden zur Seite schiebt und die Sonne in den Raum fluten lässt, kniet sich sein älterer Bruder auf den Boden und streichelt meinen Dackel, der ihm dankbar über das Kinn leckt.

»Braver Hund, geh schon mal raus und erledige dein Geschäft, während wir frühstücken ...«

Rimbaud kläfft zustimmend, dann rennt er in den Garten.

»Frühstücken?«, frage ich erstaunt.

»Ja, bevor wir loslegen, brauchen wir etwas Handfestes und trinken gerne einen Kaffee dazu«, erklärt Étienne, der sich zu seinem Bruder an den Tisch setzt.

Damit sind die Fronten geklärt. Ich mache mich an die Arbeit: Kaffee, Kuchen und Crêpes bis zum Abwinken! Sie müssen einen Bärenhunger haben, ich tische sogar meine letzten Reserven auf. Aber immerhin wird es im Haus wieder still. Als die beiden satt und die Teller leer sind, stehen sie auf. Hurra, endlich geht es los! Hoffe ich jedenfalls.

»Danke, Jade, das war wirklich köstlich«, lobt Étienne und schenkt mir ein zufriedenes Lächeln.

»Vielleicht hätte noch ein bisschen mehr Butter in den Crêpes sein können ...«

»Fürs nächste Mal besorgen Sie bitte noch Pain au chocolat.«

»Und frisch gepressten Orangensaft.«

»Sie können im Wohnzimmer anfangen«, schlage ich vor, als sie auf der Türschwelle stehen.

»Nun, ehrlich gesagt ... wir müssen wieder los.«

»Wir können uns ja nicht ewig bei Ihnen aufhalten.«

»Ich dachte, Sie wollten heute anfangen?«, protestiere ich, verblüfft über diese Kehrtwende in letzter Minute.

»Wir haben nur das Material vorbeigebracht.«

»Wir kommen Montag oder Dienstag wieder, jedenfalls nach dem Wochenende.«

»Vielleicht auch erst am Mittwoch, dann haben Sie mehr Zeit, das Frühstück vorzubereiten.«

Und keine Minute später sind sie verschwunden. Mein Küchentisch gleicht einem Schlachtfeld, der Flur ist vollgestopft mit Malerutensilien. Kaum ist die Eingangstür zugefallen, höre ich hinter mir ein leises Hüsteln. Zu allem entschlossen, fahre ich herum.

Im goldenen Licht des jungen Morgens zeichnet sich Albans Silhouette in der Terrassentür ab. Erstaunt blinzele ich, aber es gibt keinen Zweifel. Er ist es. In Shorts und weißem Hemd, eine Tasche über der Schulter, die Füße stecken in Sandalen. Rimbaud leckt ihm prompt die Fußzehen. Sein Blick fällt auf den Frühstückstisch. Natürlich habe ich für zwei gedeckt, ich hoffe, er zieht daraus keine falschen Schlüsse.

»Guten Morgen, Jade, störe ich?«, fragt er kühl. »Soll ich euch lieber allein lassen?«

»Es ist nicht so, wie du denkst. Ich habe die Brüder Prigent mit den Malerarbeiten beauftragt, sie sind schon ganz früh vorbeigekommen und haben ihre Sachen hergebracht. Und da sie hungrig waren, habe ich ihnen Frühstück gemacht. Möchtest du einen Kaffee? Oder Tee?«

Ob ich ihn damit überzeugt habe? Um nicht in sein abweisendes Gesicht sehen zu müssen, mache ich mich lieber daran, den Tisch abzuräumen.

»Ich habe schon gefrühstückt.«

»Komm doch rein und setz dich ...«

»Nein, ich bleibe lieber stehen. Ich habe dich Mittwochabend auf dem Ball gar nicht mehr gesehen. Warum bist du so schnell verschwunden?«

»Ich war müde, mir taten die Füße weh. Und ich bin früh ins Bett gegangen.«

»Mit Étienne Prigent? Ich habe dich mit ihm gesehen, Leugnen ist zwecklos. Ihr scheint euch gut verstanden zu haben.«

Von seinen Sticheleien tief gekränkt, richte ich mich auf, stemme die Hände in die Hüften und stelle mich seinem zornigen Blick.

»Du hast vielleicht Nerven!«, schleudere ich ihm entgegen. »Und was war mit dir und dieser Clara? Im Gegensatz zu mir, die sich beim Tanzen fast den Arm ausgekugelt hätte, habt ihr euch offensichtlich gut amüsiert.«

»Ich habe auf dich gewartet, aber du bist ja nicht gekommen.«

»Ach, wirklich? Ich habe dich gestern und vorgestern angerufen. Und du hast das Gespräch nicht angenommen. Du hast nicht mal auf meine SMS geantwortet.«

»Der Akku meines Handys war leer, und ich habe das Ladekabel nicht gefunden.«

»Was für ein Zufall! Gib doch zu, dass du nicht gestört werden wolltest, während du dich mit deiner ... deiner ...«

»So ein Quatsch! Ich war jede Nacht allein.«

Wir starren uns an, keiner will nachgeben. Wir werfen uns flammende Blicke zu, und wenn Rimbaud nicht zu bellen angefangen hätte, würden wir noch heute so dastehen. Alban wendet den Blick ab, öffnet seine Schultertasche und zieht die beiden Beutel mit Goldmünzen heraus, die wir in der Galeone gefunden haben.

»Ich kann das nicht annehmen. Und Corentin auch nicht«, sagt er und legt die Beutel auf den Tisch.

»Sind wir denn keine Freunde mehr?«

»Wir werden immer Freunde bleiben, Jade. Aber wir wollen das Geld nicht. Gib es lieber einer karitativen Einrichtung. Einem Tierschutzverein zum Beispiel. Corentin wäre sicher begeistert.«

Die Idee gefällt mir. Die Vorstellung, dass ich damit etwas gegen die Misshandlung von Tieren tun kann, ist tröstlich. So viel Selbstlosigkeit macht mich verlegen, und ich weiß nicht, was ich sagen soll. Unvermittelt kommt Alban auf mich zu, greift nach meiner Hand und drückt sie fest.

»Ich meine es ernst«, sagt er mit versöhnlicher Stimme, »deine Freundschaft ist mir wichtig. Wichtiger als alles andere.«

Dabei lächelt er mich schüchtern an, das komplette Gegenteil zu seinem Verhalten von gerade eben. Ich bin wie paralysiert und bekomme kein Wort heraus.

»Sag doch etwas, Jade.«

»Ich werde Les Ibis nicht verkaufen«, presse ich mit erstickter Stimme hervor.

»Du wirst nicht verkaufen?«, wiederholt er, und sein Blick aus den magnetischen grünen Augen versinkt in meinen. »Wirklich?«

»Wirklich.«

Er seufzt, führt meine Hand an die Lippen und küsst sie. Mein Herz beginnt zu rasen, und mein Verstand setzt aus.

»Danke, Jade«, sagt er nur. Mehr nicht. Dann geht er.

Verdammt, Alban! An seine Unberechenbarkeit werde ich mich wohl gewöhnen müssen, an sein plötzliches Auftauchen und Verschwinden.

Manchmal braucht es gar nicht viel, um glücklich zu sein. Ein Lächeln, einen Handkuss und die Aussicht auf eine wunderbare Zukunft …